Une sonate pour Rudy

RAT NOIR

Collection dirigée par François Guérif

Couverture illustrée par Olivier Balez

ISBN : 274-850464-X

Premier cahier

1

Cette porte fermée à clé, ça m'a tout de suite énervé.

J'ai demandé à Francis :

– Et là, il y a quoi ?

– Tu sais bien ! C'est là qu'il a mis ses affaires personnelles...

Non, je ne savais pas bien. Il est gentil, le beau-père. Tu te rappelles, il avait juste expliqué qu'on allait louer l'appart' d'un de ses amis qui partait faire le tour du monde pendant un an. Il avait ajouté que c'était un quatre pièces loué pour un trois pièces, et je n'avais pas compris pourquoi. De toute façon, je n'avais posé pratiquement aucune question. Ça me gavait de déménager. Je n'avais pas envie de changer de ville, et encore moins de quitter la maison. Mais évidemment, je n'avais pas mon mot à dire. Tu sais bien comment ça s'est passé. Un an que Francis était au chômage, les problèmes de fric, le loyer trop cher, et puis un beau jour, ça y est, il trouve du boulot, et on vient nous annoncer qu'il faut partir et que ça va être super. Tu parles.

Si au moins ils avaient pris une autre maison ! J'ai essayé de convaincre Mum, surtout à cause de toi.

– Rudy aime tellement le jardin ! Il y passe des heures. Il a toujours vécu dans une maison, il va être malheureux dans un appartement...

– Écoute, Nicolas, tu sais très bien qu'on n'a pas le choix. C'est une opportunité inespérée. Pascal nous demande un loyer dérisoire...

– C'est qui d'abord, ce Pascal ?

– Un ami de Francis. Il l'a connu quand il allait à son club de tir. Il y a cinq ou six ans.

– Ouais, ben, il aurait mieux fait de s'acheter une maison plutôt qu'un appart'...

– Ne t'en fais pas, je suis sûre que Rudy s'habituera...

Je ne sais pas si tu t'es habitué. Il faut dire que tu n'en as pas vraiment eu le temps... Si tu savais comme je leur en veux ! Il y a des jours où j'ai envie de hurler, de leur dire que tout ça, c'est leur faute, que rien ne serait arrivé si... Si on n'avait pas déménagé. Si Francis n'avait pas été licencié. Si... si...

Je sais bien que je suis injuste. Est-ce qu'on sait vraiment pourquoi les choses arrivent ?

On aimerait pouvoir maîtriser les événements, pouvoir tout prévoir, tout décider. Mais la vie nous entraîne où elle veut, on ne contrôlera jamais toutes les données, c'est comme ça. Il paraît qu'il faut l'accepter. Même si c'est inacceptable.

Je me revois devant cette porte, le jour où nous avons emménagé. J'appuyais en vain sur la poignée. Ça m'agaçait de ne pas savoir ce qu'il y avait derrière.

– Bon, tu ne vas pas y passer la journée, m'a dit Francis. Cette pièce est fermée et elle le restera. Fais comme si elle n'existait pas, un point, c'est tout !

– Si ça se trouve, c'était la plus belle chambre, et Rudy et moi, on se retrouve dans un cagibi...

– Votre chambre est très bien. Arrête de te comporter en gamin, Nico. Va plutôt aider ta mère à vider les cartons de vaisselle !

C'est vrai que notre chambre était correcte, mais je ne sais pas pourquoi, j'avais envie de voir tout en noir ce jour-là. Rien n'allait. Rien *ne pouvait aller*. J'ai cassé trois verres en voulant aider Mum à ranger, Francis s'est énervé et m'a dit d'aller faire un tour.

– Et emmène Rudy ! Moins on vous aura dans les jambes...

Je reconnais que j'étais un peu brise-mottes, mais toi, tu n'avais rien fait. Tu me suivais, tu regardais, tu découvrais ton nouveau chez-toi sans rien dire. T'avais pas l'air emballé-emballé, mais tu ne faisais pas non plus la gueule (pas comme moi...). Tu attendais de voir. Et puis, du moment qu'on était ensemble, tu étais content. Remarque, moi aussi.

On a fait le tour du quartier. Des immeubles partout, pas très hauts heureusement. Un petit parc constitué de deux rectangles de pelouse bordés par deux rangées d'arbres. Un lac artificiel avec quatre pontons de bois s'avançant au milieu des roseaux. Un faux air de campagne au milieu du béton, le tout survolé par trois mouettes sans doute payées par les promoteurs immobiliers pour faire passer ce coin de banlieue pour une station balnéaire. Elles étaient posées sur un muret et nous regardaient venir, avec leur drôle de tache noire sous l'œil.

Je t'ai dit :

– T'as vu ? Elles se sont battues, elles ont toutes un coquard !

Tu t'es mis à courir vers elles comme un furieux et elles ont décampé en piaillant. Ça nous a fait marrer.

On a continué notre petit tour, histoire de repérer les lieux, et sans le vouloir, on s'est retrouvés devant le collège. Il avait l'air assez neuf, tout blanc, pas trop grand. Pas vraiment moche, mais bizarre : toute la façade était recouverte par une espèce de grille constituée de centaines de lamelles métalliques. J'ai appris plus tard que cela servait à atténuer les rayons du soleil, afin d'éviter que le bâtiment se transforme en serre à la belle saison. On m'a dit aussi que ces grilles avaient valu à l'établissement le surnom d'Alcatraz. Très engageant... Je me suis approché du portail et j'ai saisi dans mes poings deux de ses larges barreaux.

– Voilà, c'est là. À partir de lundi, je vais être enfermé là-dedans trente heures par semaine. Regarde bien, comme ça tu pourras m'imaginer. S'ils sont sympas, je pourrai peut-être négocier un parloir de temps en temps... T'en fais pas, je te raconterai tout.

Tu m'as regardé, l'air de dire : « T'as intérêt. » Mais je t'ai toujours tout raconté. Même des trucs que personne ne sait. Parce qu'il n'y a qu'à toi que je pouvais les dire.

Rien qu'à toi.

Encore aujourd'hui.

La preuve.

2

Je crois bien que c'est Marie qui a été la première à m'adresser la parole.

– Salut ! T'es nouveau ? Tu viens d'où ?

On était au milieu d'un troupeau d'élèves qui suivait vaguement un prof pour monter en classe. Après avoir traversé la cour, la meute est allée s'agglutiner au pied d'un escalier en colimaçon bien trop étroit pour que la montée puisse s'effectuer sans bousculade. On se demande parfois à quoi pensent les architectes. Ils devraient pourtant savoir qu'il est bien loin, le temps où les élèves se mettaient sagement en rang par deux ! On n'est plus à l'époque de nos grands-parents ! Arrivé au goulot d'étranglement des premières marches, le groupe s'est mis à onduler de droite à gauche, les derniers poussant les premiers, qui se retenaient comme ils pouvaient pour ne pas tomber. J'ai suivi la meute dans l'escalier, au milieu des cris, des insultes et des coups dans les côtes. Forcé de hausser le ton pour couvrir le bruit, j'ai demandé à Marie :

– C'est comment ici ?

– Ça va...

Je ne sais plus si elle a dit autre chose. Je me rappelle juste que pour éviter de louper une marche j'avançais en regardant mes pieds et j'ai remarqué que mes baskets étaient vraiment pourraves. Je me suis dit que c'était pas le moment d'en demander des neuves à la maison et ça m'a foutu les boules. Je me répétais : « Pourvu qu'elle voie pas mes pompes ! Pourvu qu'elle voie pas mes pompes ! » Elle a dû croire que j'avais pas envie de lui parler et elle s'est mise à tchatcher avec une copine. J'étais soulagé.

Quand on est entrés dans la salle de classe, Marie est partie à droite, alors moi, je suis allé à gauche. J'ai vu une place libre à l'avant-dernier rang, à côté d'un mec antillais qui avait l'air sympa. Il m'a regardé arriver avec un drôle de sourire. J'ai posé mon sac sur la table. Je m'apprêtais à lui demander si je pouvais me mettre là, lorsqu'un grand coup dans le dos m'a projeté en avant. Je me suis à moitié affalé sur la table, mon sac a valdingué et j'ai entendu quelques rires.

– Toi, tu dégages. C'est *ma* place !

Je me suis retourné. Un grand type blond en jogging et casquette se tenait à vingt centimètres de moi, le torse bombé, le menton en avant, les bras ballants.

– Non mais, ça va pas ?

– Tu dégages, j'te dis ! Hein, Yann, que c'est ma place ?

Le garçon antillais a hoché la tête, puis, avec un petit sourire ironique, il a haussé les épaules en signe d'impuissance. Autour de nous, tout le monde s'était tu et nous regardait. Le prof répétait : « Asseyez-vous ! Asseyez-vous ! » Quelques élèves se sont assis. La moitié de la classe était tournée vers nous. Mais une seule chose m'importait : Marie nous regardait. Mon cœur cognait dans ma poitrine. Je n'avais pas envie de me dégonfler.

– Dylan, ta casquette ! a fait le prof. Qu'est-ce qui se passe au fond ?

Il s'est soudain aperçu de ma présence.

– C'est toi le nouveau ? Viens me voir, s'il te plaît.

J'ai attrapé mon sac et j'ai libéré la place, en prenant délibérément tout mon temps, les yeux plantés dans le regard bleu de Dylan. Il a dit entre ses dents : « C'est ça, casse-toi ! » et j'ai haussé les épaules.

Le prof m'a installé au premier rang, juste devant son bureau – la honte ! –, et il m'a fait remplir une petite fiche, nom, prénom, date de naissance, adresse, classes redoublées, tout le bordel habituel. Ensuite il m'a demandé où j'en étais dans le programme. Mais j'avais encore tellement la rage que mes mains tremblaient et que c'était le trou noir dans ma tête. J'ai dû avoir l'air complètement idiot. Alors le prof m'a énuméré différentes parties du programme en me demandant chaque fois :

– Et ça, tu l'as vu ?

J'ai enclenché le pilote automatique.

– Oui... Oui... Non... Je crois...

– Bon. Ça ne devrait pas poser de problème. En algèbre, tu as fait la même chose que nous. En géométrie, il y aura deux ou trois petits points à revoir. Il te suffira d'emprunter les cours d'un camarade. Si tu te sens perdu, n'hésite surtout pas à me le dire dès aujourd'hui.

Je n'avais rien envie de dire du tout. Je m'étais suffisamment fait remarquer comme ça. Le cours a commencé. Le garçon qui était à côté de moi m'a montré son classeur et a mis son livre de maths entre nous deux.

– Merci.

– De rien ! J'en avais marre d'être tout seul. Le prof m'a mis là parce que je foutais rien...

– Ah... et tu bosses plus maintenant ?

– Bof... De toute façon, les maths, j'y comprends rien !

Il a dit ça en rigolant, ce qui a fait tressauter son gros ventre. J'ai tout de suite trouvé que ce gars-là avait une bonne tête, avec sa coupe en brosse et son gel « effet mouillé », ses joues bien remplies et ses fossettes qui lui donnaient un air de gamin farceur. J'ai chuchoté, le pouce orienté en direction du grand blond :

– Dis-moi... c'est qui l'autre barjo là-bas ?

– Dylan ? Il est *ouf*, lui ! Je vais te donner un conseil, mec : faut pas gazer avec lui, si tu vois ce que j'veux dire.

– Je vois... Tu t'appelles comment ?

– Samuel. Mes potes m'appellent Sam.

– Salut, Sam. Moi, c'est Nico.

On s'est serré la main sous la table, discrétos.

J'ai passé la journée avec Sam, m'arrangeant pour rester à distance de Dylan. Je me suis dit qu'il valait mieux l'ignorer. Je n'avais pas envie de m'embrouiller dès le premier jour dans mon nouveau collège.

3

Quand je suis arrivé le lendemain matin, Dylan a tout de suite entamé les hostilités.

J'attendais la sonnerie de huit heures et demie dans la cour, avec les autres élèves de la classe. Ils étaient tous en train de discuter entre potes, personne ne faisait attention à moi. Ils ne me regardaient même pas. J'avais l'impression d'être devenu l'homme invisible. La suite m'a malheureusement démontré le contraire. J'avais eu un peu de mal à trouver l'emplacement des 3e 2, marqué à la peinture blanche sur le bitume, car les élèves allaient et venaient d'un rang à l'autre, formant de petits groupes mouvants aux contours flous. Leur stationnement plus ou moins anarchique masquait les repères sur le sol. Une surveillante s'escrimait à les faire reculer et criait : « Rangez-vous ! Ça fait trois fois qu'on vous le dit ! »

C'est à ce moment-là que Dylan et deux de ses potes sont arrivés. Je les ai remarqués à leur drôle de démarche nonchalante accompagnée de ce curieux balancement qui leur fait pencher les épaules alternativement à droite, puis à gauche, comme s'ils testaient leurs articulations. Dans les cités, les gars marchent tous comme ça, je ne sais pas pourquoi. J'ai volontairement regardé ailleurs. Mais en passant près de moi, Dylan a marqué un temps d'arrêt.

Il m'a détaillé des pieds à la tête et a lancé :

– Regarde-moi ce bouffon ! Comment qu'il est trop *chemo*, lui ! Eh, tu t'habilles chez Emmaüs ou quoi ?...

Ils se sont mis à rigoler.

– Non, franchement, *man*, le bonnet blanc avec le survêt' bleu... Tu te prends pour un Schtroumpf ?

Ça les faisait bien rire. Moi, je pensais : « Il est complètement con, ce mec ! Qu'est-ce que je lui ai fait ? » Et je sentais monter l'envie de cogner. J'ai serré les poings et les dents, m'efforçant de contenir ma rage.

– Alors tu réponds pas ? Ma parole, t'es une *chméta* ou quoi ?

Je savais que *chméta* voulait dire « pédé » en arabe. Cet abruti était homophobe par-dessus le marché ! Ça méritait vraiment un poing dans la gueule. Le hic, c'est que j'ai jamais su me battre. Francis se foutait régulièrement de moi avec ça. Il disait que mes biceps étaient des piqûres de moustique et que j'avais des jambes de sauterelle. Souvent, il m'appelait « cuisses de mouche ». Pour rire... Je me consolais en me disant qu'en cas d'attaque nucléaire la seule espèce qui survivrait serait celle des insectes. Mon beau-père a toujours été très fier de ses muscles et de sa force physique. Tant mieux pour lui. Pendant un temps, son jeu favori avait consisté à me clouer au tapis en deux secondes grâce à une prise de judo. Ensuite il mettait son pied sur moi et rien qu'avec la force d'une jambe, il réussissait à m'empêcher de me relever. Il espérait que ça me donnerait envie de me mettre à la muscu. Ça me donnait juste envie de lui éclater la tronche. Il a dû finir par le comprendre, car il a arrêté de vouloir « faire de moi un homme », comme il disait.

Cependant, à ce moment précis, dans la cour du collège, je dois reconnaître que j'aurais bien échangé mon physique contre le sien, pour régler son compte au grand blond et effacer le sourire narquois de sa tête de blaireau.

Hé ouais, mon vieux Rudy, même moi, il y a des jours où je donnerais n'importe quoi pour être Schwarzenegger. C'est consternant, oui, je sais.

– Dylan, tu vas te ranger ! Et vous aussi !

La surveillante revenait à la charge. Elle les a poussés fermement jusqu'au bout du rang, les éloignant de moi. J'ai respiré. Il fallait que ce soit une nana qui vienne à mon secours... Quelle mauviette ! Je n'étais pas vraiment fier. J'aurais dû au moins répondre quelque chose. Lui balancer une bonne vanne. Je n'ai jamais eu le sens de la repartie. Les bonnes petites phrases cinglantes, moi, je les trouve une heure après. Sur le moment, je reste généralement muet, le genre lapin tétanisé. Ridicule.

Il paraît qu'on appelle ça « avoir l'esprit de l'escalier ».

Chaque fois que ça m'arrive, j'ai l'impression d'avoir loupé une marche.

Et je me sens nul. Tellement nul...

Juste après cet incident, j'ai vu Sam se radiner en cavalant. Il m'a rejoint alors qu'on était en train de monter en cours.

– La vache ! J'ai failli être à la bourre...

Il soufflait comme un phoque, les joues cramoisies, un pan de sa chemise hors du pantalon. Tout en avançant, il s'est mis à farfouiller dans son sac et m'a tendu une liasse de photocopies froissées.

– Tiens ! Les cours de maths qu'on a eus avant que t'arrives...

Aucun doute là-dessus : j'avais au moins un copain dans ce collège.

4

Dans cette histoire de déménagement, je crois que ce qui m'a le plus fichu les boules, c'est de devoir abandonner la « CHAM ». Tu sais, je t'ai expliqué, ça veut dire « classe à horaires aménagés musique ». Le matin, on a les cours normaux, français, maths, tout ça, et l'après-midi, conservatoire : solfège et instrument. C'est vraiment génial. C'est mon prof de flûte traversière qui en avait parlé à Mum. Le collège qui offrait cette option était un peu loin de la maison, mais ça m'était égal. Tu te rappelles comme j'ai crié de joie quand j'ai su que j'étais pris ? C'était carrément top. Sauf que... j'ai même pas pu faire un trimestre entier.

Septembre-Toussaint, et hop ! terminé, fais tes bagages, chéri, on s'en va.

J'ai bien tenté de négocier :

– C'est pas grave, il y a sûrement des trains, même si je dois me lever tôt, ça ne me dérange pas, je le fais déjà...

– Tu plaisantes ! Deux heures aller, deux heures retour : quatre heures par jour, c'est hors de question !

J'ai insisté, j'ai même envisagé l'internat. Je te jure que si tu n'avais pas été là, Rudy, je n'aurais pas hésité une seule seconde. Mais je ne pouvais pas te laisser. Ça, non. Il n'y a rien eu à faire. Mum était embêtée pour moi. Francis lui a dit que ce n'était pas très grave vu que j'avais fait que trois mois, même pas, qu'on me trouverait bien un conservatoire pour que je continue les cours, comme ça j'abandonnerais pas complètement. Il s'en foutait pas mal, lui ! Tout ce qui comptait, c'était son nouveau boulot, il en parlait toute la journée. Et puis cet appart' qu'on aurait pour pas cher, un vrai coup de chance. Sûr qu'on était de sacrés veinards, pas vrai, mon vieux Rudy ?

Résultat : j'ai rangé ma flûte dans un coin et je leur ai dit que j'arrêtais, que de toute façon la musique, ça demandait beaucoup trop de boulot et qu'en troisième, avec le brevet à préparer, j'aurais pas le temps de tout faire. J'ai bien vu que Mum était triste, mais elle ne m'avait pas vraiment soutenu et je lui en voulais. Je pensais pouvoir compter sur un meilleur avocat pour plaider ma cause.

Je n'aurais pas dû écrire la vérité quand le prof de musique m'a donné sa petite fiche à remplir. La dernière rubrique demandait : « Jouez-vous d'un instrument de musique ? Lequel ? Depuis combien de temps ? » Je n'ai pas pu m'empêcher de répondre : « Oui. De la flûte traversière. Depuis huit ans. »

Quel con ! Non mais quel con, je te jure ! Tout ça parce que je l'ai trouvé tout de suite sympa, ce prof. Jeune, une tête de pasteur noir américain, cool mais sachant se faire respecter, super-bon au piano. Sam m'a dit qu'il jouait aussi de la batterie, de la guitare et du basson, un vrai truc de *ouf* ! Il le connaît bien, parce qu'il l'a depuis la cinquième.

– Tu verras, monsieur Jodèle, c'est vraiment un bon prof. L'an dernier, c'était mon prof principal. Avant, je détestais les cours de musique. Maintenant, ça va, sauf quand on doit jouer de la flûte, c'est trop *chelou*, alors je fais semblant. Et toi, t'es bon en musique ?

Je me suis marré. J'ai juste dit que j'aimais bien. J'allais pas lui raconter ma vie. Il faut se connaître mieux pour ça. J'ai rempli ma fiche en m'arrangeant pour que Sam ne puisse pas voir ce que j'écrivais. À la fin de l'heure, je l'ai posée sur le bureau du prof et je suis vite parti.

La semaine suivante, je suis entré en cours avec une boule à l'estomac. D'un côté, j'avais attendu cette heure-là pendant sept jours, parce que c'était de loin le cours (et le prof !) qui me plaisait le plus, d'un autre côté, je regrettais d'avoir rempli la fiche : j'avais la trouille qu'il me parle de la flûte et qu'il me pose des questions devant tout le monde. Je n'avais pas envie de me faire remarquer.

Je préférais rester peinard dans mon coin avec Sam. Et regarder Marie.

Je crois que j'ai jamais vu une fille aussi belle qu'elle. Au début, tu ne le remarques pas. Elle te regarde, elle te parle, et toi, tu te dis : « Tiens, mes pompes sont vraiment pourries, grave. » Ou bien : « Il faudrait que j'arrête de me ronger les ongles, c'est carrément trop moche. » Tu vois ? Des petites choses comme ça, auxquelles tu n'avais jamais pensé avant. Pire : auxquelles tu n'aurais jamais imaginé que tu penserais un jour. Et pourtant, je te jure qu'à aucun moment Marie n'a regardé ni mes chaussures ni mes mains. Non. Simplement, tout à coup, à côté d'elle, j'ai eu honte. L'impression de ne pas être à la hauteur.

Elle est tellement classe ! Pas comme les autres filles. Pas besoin de chichis, de machins dans les cheveux, de colliers qui brillent, de vernis à ongles ou de peinture sur la tronche. Non. Les bijoux de Marie, ce sont ses longs cheveux dorés légèrement bouclés, ses grands yeux bruns, ses cils interminables, et puis sa bouche – oh, Rudy ! sa bouche... –, la même que celle d'Emmanuelle Béart, tu vois le genre ? Quand je la regarde, ça me rend fou, j'ai envie de la manger. Comme un fruit d'été bien mûr.

Je sais bien que je t'ai soûlé des soirées entières avec Marie, les yeux de Marie, la bouche de Marie... Marie pour qui je n'existais pas... Je te demandais comment faire pour qu'elle s'intéresse à moi, juste un petit peu. Je te racontais comment j'imaginais que ce serait, nous deux... Si seulement...

Tu m'écoutais patiemment. Pourtant, tu devais en avoir marre ! Mais tu peux me dire à qui j'en aurais parlé sinon ?

Hein, gros malin ?

Oh, Rudy ! Rudy... À quoi ça sert tout ça ?...

J'ai l'air de quoi, moi, maintenant ?... Je regrette tellement ! J'aurais dû faire plus attention à toi... Si tu savais comme j'ai mal ! C'est comme une main qui m'attraperait les tripes et me les tordrait de toutes ses forces... Mais il faut que je continue. Que j'aille jusqu'au bout. Pour toi.

Pour nous.

Pour qu'enfin tout cela ait un *sens*, nom de Dieu !

Allez, il vaut mieux que j'arrête pour ce soir, va.

Bonne nuit, mon vieux...

5

« Moi, pour tomber amoureuse d'un mec, il faut que je l'admire. »

Cette phrase-là, j'aurais jamais dû l'entendre.

C'était Marie. Elle parlait avec sa copine Julie. Toujours fourrées ensemble, ces deux-là. Pas moyen d'approcher l'une sans approcher l'autre. C'était en cours d'arts plastiques. Tout le monde parle en cours d'arts plastiques. La prof dit rien. Sauf quand on n'entend même plus les consignes qu'elle nous donne. Alors là, elle gueule un bon coup, on se tait, puis ça repart petit à petit. Je m'étais mis juste derrière Julie. Comme ça, je pouvais regarder Marie tranquillement. Au début, elles parlaient doucement, je n'entendais rien. D'ailleurs je m'en fichais. Ce qui m'intéressait, ce n'était pas d'entendre, mais de voir. Son dos mince et fragile moulé dans un pull noir, ses cheveux remontés qui découvraient son cou si fin... Et puis insensiblement, comme le brouhaha montait dans la classe, elles se sont mises à parler plus fort. Je ne prêtais pas plus attention à leur conversation. Jusqu'à ce que cette phrase se faufile jusqu'à moi, m'assommant du même coup. « Pour tomber amoureuse d'un mec, il faut que je l'admire. »

J'ai toujours entendu dire que les filles, c'est compliqué, qu'il faut être vachement balèze pour comprendre comment elles fonctionnent. Et là, brusquement, c'était comme si on m'avait livré une clé comme ça, gratos. Comme si on m'avait dit : « Tu vois, mon gars, c'est pas plus compliqué que ça ! »

Ainsi, il suffisait de susciter l'admiration... Ben voyons, super-simple !

Mon regard s'est promené dans la salle, faisant le tour des garçons de la classe.

Bon, Sam était hors jeu. Même sympa, un gros est généralement condamné à rester le « bon copain ». Romain était vraiment pas mal, brun, les yeux gris-vert, la peau mate, le genre que les nanas admirent à la plage. Dans un autre style, David était plutôt bien, lui aussi, avec sa coupe branchée et ses fringues de marque. J'ai continué ma tournée d'inspection.

Selon moi, il y avait bien huit ou neuf mecs susceptibles d'être *admirés* par les filles dans ma classe. Et je ne comptais pas ceux des autres troisièmes ! Je me suis senti découragé. Avec ma peau blanche, mes yeux délavés et mes vêtements achetés en solde au supermarché, je ne faisais pas le poids face à des mecs comme ça. Et je ne te parle même pas de mes biceps piqûres de moustique. Il fallait être lucide : je n'avais *aucune chance* de plaire à la plus belle fille de la classe. Aucune.

– Putain, c'est pas vrai !!!

Deux rangs devant moi, une élève a reculé brutalement sa chaise en pestant. Son gobelet était renversé sur sa table et toute l'eau avait coulé sur son dessin. Un vrai désastre. Sa voisine a sorti un paquet de Kleenex et a commencé à éponger, mais l'autre lui a dit :

– Laisse *béton*, il est foutu ! Ça fait chier, merde !

La prof lui a dit d'un ton sec qu'elle était priée de surveiller son vocabulaire, mais la nana l'a même pas calculée et elle a jeté un regard noir à Dylan. Debout à un mètre d'elle, les bras croisés, il la regardait avec un petit sourire.

– Qu'est-ce que tu fais là, toi ? a demandé la prof. Retourne à ta place.

Dylan a pris un air angélique.

– Mais, madame, j'allais rincer mes pinceaux !

Il s'est dirigé tranquillement vers l'évier au fond de la salle.

– Bon, alors fais vite. De toute façon, ça ne va pas tarder à sonner. Videz vos gobelets et rangez vos affaires. Cynthia, tu prends l'éponge et tu me nettoies tout ça, sinon il va y en avoir partout.

– Genre, c'est ma faute...

– Pardon ?

– Rien... Dites, il faudra que je recommence mon dessin pour la prochaine fois ?

– Évidemment ! Quelle question ! Je te rappelle que vous êtes évalués à la fin du mois sur ce travail.

– Putain !...

– Oh, ça suffit maintenant ! Tu te crois où ? Apporte-moi ton carnet !

La sonnerie a retenti à ce moment-là, entraînant le boxon habituel des fins de cours. Cynthia est partie sans donner son carnet à la prof. Dylan est sorti en claironnant avec une voix de gentil petit garçon :

– Au-r'voir-ma-dame !

Marie, qui franchissait la porte au même moment, s'est mise à rire. Il s'est effacé pour la laisser passer, faisant un ample geste du bras, façon gentleman.

Ça m'a énervé.

À la récré, Sam m'a raconté ce qui s'était passé.

– Dylan a demandé sa peinture à Cynthia. Elle a pas voulu lui prêter, vu que la dernière fois il lui avait rendu ses tubes tout écrabouillés. Alors en partant il a fait style je cogne la table sans faire exprès et le gobelet s'est renversé.

– Quel enfoiré... Et c'est Cynthia qui s'est fait engueuler. Mais pourquoi elle a rien dit à la prof ?

– T'es fou, lui ! On balance pas Dylan !

– Ah oui ? Et pourquoi pas ?

Sam a fait glisser l'ongle de son pouce de droite à gauche sur toute la largeur de son cou.

– Parce que sinon, on est mort, mec ! Voilà pourquoi !...

6

Sam m'avait tout de suite mis au courant. Au début de l'année, la prof de français avait demandé d'acheter un bouquin et de le lire pour le 17 novembre. Elle avait bien insisté, leur avait fait entourer la date en rouge dans les agendas. Au jour dit, tout le monde devait avoir son livre.

Elle l'avait répété tellement de fois que Sam avait presque réussi à me communiquer son stress, me demandant tous les jours : « T'as acheté le bouquin ? » La veille de la date fatidique, je l'ai glissé dans mon sac. J'en avais lu la moitié, ce n'était pas si mal. Bon ! Nous voilà tous en cours de français, les bouquins sagement alignés sur les tables. Mais bien évidemment, quelques élèves n'ont pas leur livre. La prof apostrophe Yann. Il répond mollement :

– Je suis passé à la librairie, ils l'avaient pas. Je l'ai commandé, ils l'auront dans quinze jours...

– Quinze jours !!! Tu te moques du monde ? Si tu t'en étais occupé en septembre, il y a longtemps que tu l'aurais !

Circulant entre les rangs, la prof a continué sa tournée d'inspection, notant le nom de tous les élèves qui n'avaient pas leur livre. Quand Dylan est arrivé – en retard, comme un matin sur deux –, elle l'a laissé s'installer, puis lui a demandé :

– Tu as ton livre ?

Il avait les yeux rouges, l'air endormi.

– Quel livre ?

Elle a soupiré.

– Celui que je vous ai demandé de vous procurer et de lire pour aujourd'hui : *Le Père Goriot*...

– Ah !... Ben non.

– Et pourquoi, s'il te plaît ?

– J'avais déjà les annales de maths à acheter, alors ça faisait beaucoup...

La prof a ostensiblement regardé son pull Chevignon et ses baskets flambant neuves.

– C'est sûr ! Tu aurais dû m'en parler, on aurait fait appel au fonds social...

– Mais madame, il fallait me le rappeler, parce que j'oublie, moi ! a répondu Dylan d'un ton plus vif.

– Ah oui ! c'est vrai que tu as un emploi du temps de ministre !...

Dylan a commencé à s'énerver.

– C'est votre faute aussi ! Vous me l'avez pas dit !

À l'inverse, la prof restait très calme.

– Oh ! mille excuses ! je suis effectivement un très mauvais professeur. J'aurais dû te téléphoner tous les soirs pour te dire « Mon petit Dylan, tu penses à ton livre ? »

Quelques rires discrets ont parcouru la classe. Dylan a sorti son classeur de son sac et l'a jeté sur sa table.

– Arrêtez de vanner, vous aussi !

– Bon ! L'incident est clos. Sache simplement que mardi vous aurez un travail noté et que si tu n'as pas ton livre, tu ne pourras pas effectuer ce travail. Tout le monde a entendu, là ? J'ai bien expliqué à Dylan, on est d'accord ?

– C'est bon, là... Pas la peine de me prendre pour un débile...

La prof n'a pas répondu. Elle a tourné les talons, est retournée à son bureau, elle a commencé son cours et n'a plus adressé la parole à Dylan. Quant à lui, il a croisé les bras, y a enfoui la tête et a passé l'heure à dormir.

J'ai dit à Sam :

– Tu as vu ? Avec elle, il fait moins le malin !

– Elle le connaît bien, elle l'a eu en sixième, il était tout petit, alors il l'impressionne pas...

Malheureusement pour eux, tous les profs n'ont pas connu Dylan tout petit. La prof de SVT, par exemple. Une jeune qui débute. On voit bien qu'elle a peur de lui. Résultat, elle crie tout de suite, menace de lui mettre un mot, mais elle ne lui prend jamais son carnet et, quand il s'approche d'elle, elle recule. Total, en SVT, il fait ce qu'il veut. Il fait des remarques à voix haute sur les autres élèves, lance des bouts de gomme, se lève, pousse des cris d'animaux... Ou bien il fait semblant de s'intéresser brutalement au cours et lève la main pour participer. Si la prof l'interroge, il répond n'importe quoi et ça fait rire les autres, et si elle ne l'interroge pas, il tape un scandale...

Évidemment, le jour du contrôle de lecture, Dylan était absent. Sam m'a expliqué que depuis le début de l'année il faisait le coup chaque fois qu'un contrôle était programmé, ou presque. Seulement cette fois-ci, tout de suite après avoir rempli le cahier d'appel, madame Dumas, la prof de français, nous a dit qu'elle n'avait pas tout à fait terminé son cours et qu'on ferait le contrôle plus tard. On a voulu savoir quand. Elle est restée évasive.

– Au prochain cours... ou au suivant ! De toute manière, je suis persuadée que vous êtes fin prêts !

Il y a eu un léger flottement et quelques raclements de gorge significatifs. En réalité, elle attendait que Dylan revienne. Il s'est pointé le lendemain, furieux d'apprendre que le contrôle avait été reporté. Il a essayé de faire le coup du mal au ventre en entrant en cours et a demandé l'autorisation d'aller à l'infirmerie. Mais la prof lui a cloué le bec.

– Tu sais très bien que l'infirmière n'est jamais là le jeudi. Alors aujourd'hui, l'infirmière, c'est moi. Comme tu n'es pas encore à l'agonie, tu fais le contrôle comme tout le monde. Compte sur moi pour veiller sur toi.

– Mais madame, j'ai vraiment mal...

– Oui, oui ! Quand tu deviendras violet, j'appellerai le SAMU.

Son ton était sans réplique. Elle a installé Dylan tout seul à une table. Bien entendu, il n'avait pas plus son livre qu'au cours précédent. Cette fois-ci, il était le seul.

Dès le lendemain, la prof nous rendait les devoirs. En donnant sa copie à Dylan, elle lui a dit :

– Tu remercieras les petits camarades qui ont eu la bonté de te raconter l'histoire. Grâce à eux, tu as eu 3 sur 6 au résumé. C'est un début. Même si, sur 20, ça reste un peu léger...

Puis elle a continué à distribuer les copies sans prêter attention aux commentaires peu aimables marmonnés par Dylan.

– Marie, excellent travail, comme d'habitude...

On a fait la correction. Dylan n'a pris aucune note. Il était furieux. À la sonnerie, il a été le premier à quitter la classe en lançant bien haut :

– J'm'en bats les couilles, de ce contrôle de merde !

La prof a fait comme si elle n'avait rien entendu.

7

À l'heure suivante, on avait espagnol. Parti le premier du cours de français, Dylan s'est pourtant arrangé pour arriver en dernier. Monsieur Gomez l'attendait sur le pas de la porte, tout le monde était déjà entré.

– Dylan, tu accélères ou je t'envoie chercher un billet de retard !

Malgré cet avertissement, Dylan a pris son temps et est arrivé en traînant les pieds, la casquette vissée sur le crâne et les écouteurs de son baladeur enfoncés dans les oreilles.

– Tu m'enlèves ce que tu as sur la tête !

Dylan a fait quelques pas dans la classe, accentuant sa démarche chaloupée et se dandinant au rythme de la musique dont on pouvait percevoir le lointain crépitement.

– Qu'est-ce que j'ai dit ? s'est énervé le prof.

Dylan l'a regardé comme s'il ne comprenait pas, puis il a ouvert la bouche d'un air niais :

– Aaaaahhhh...

Il a enlevé sa casquette et, la gardant à la main, il a effectué une révérence à l'adresse de monsieur Gomez en la faisant tournoyer de droite à gauche, comme un chapeau de mousquetaire.

Quelqu'un a émis un sifflement admiratif.

– Silence, les autres ! Dylan, tu m'enlèves TOUT ce que tu as sur la tête ! a crié le prof.

Dylan a passé la main sur son crâne et a pris un air innocent.

– Mais y a plus rien sur ma tête, m'sieur !

Les rires ont commencé à fuser.

– Arrête de me prendre pour un imbécile. Le règlement intérieur interdit les Walkman. Tu as intérêt à le ranger, si tu ne veux pas le copier vingt fois !

– Copier vingt fois mon Walkman, m'sieur ?

Les rires ont redoublé.

– Ça suffit ! Va t'asseoir et range-moi ça ou je te le confisque !

Dylan s'est exécuté. Quand un prof ou un surveillant confisque quelque chose à un élève, l'objet en question finit chez la principale et elle ne le rend qu'au mois de juin, à condition que ce soient les parents qui viennent le chercher.

Monsieur Gomez a commencé son cours. Au bout d'un quart d'heure, il nous a donné un exercice à faire.

– Prenez vos livres. Page 60, exercice 2.

Mais quand il est passé dans les rangs, il s'est rendu compte que Dylan n'avait pas son livre.

– Ça m'aurait étonné !

– Quoi ?

– Je te signale que c'est ton troisième oubli de matériel, tu auras donc un devoir supplémentaire.

Yann a tenté de venir au secours de son copain.

– Le prof de maths, il autorise cinq oublis, m'sieur !

– Le prof de maths, c'est le prof de maths, moi, c'est moi, et toi, tu te mêles de tes affaires !

– Oh, ça se fait pas de parler comme ça, m'sieur ! J'vous ai rien fait, moi ! Pourquoi vous êtes *vénère* tout de suite, là ?

Le prof a soupiré très fort. On voyait qu'il essayait de se dominer.

– Yann, tu as ton matériel, c'est très bien, alors tu fais ton exercice pendant que je règle le problème avec ton camarade...

Dans la classe, tout le monde avait cessé de travailler et observait la scène avec attention.

– Il est trop *relou*, lui... a marmonné Yann.

– Tu dis ?

– J'parle pas à vous, m'sieur !

– Je *ne vous parle pas*, a rectifié le prof.

Puis il est allé à son bureau, a feuilleté son manuel d'une main tremblante, et il a dit à Dylan :

– Bon, tu notes dans ton agenda : exercices 1 à 8 de la page 58 pour la prochaine fois.

Dylan a explosé.

– Quoi ? Il est *ouf*, lui ! Huit exos pour demain, c'est *porte naouaque* ! Et pourquoi toujours moi ? Jamais vous me lâchez ? !

Le prof a blêmi. Il s'est efforcé de parler calmement.

– La semaine dernière, David en était à son troisième oubli, je lui ai donné un devoir supplémentaire, il l'a fait et il nous a épargné ce cinéma !

– C'est vous qui le faites, le cinéma ! Et puis David, c'est normal, il avait pas son cahier !

– Cahier ou livre, c'est la même chose...

– Mais je l'ai, moi, mon livre !

Le prof a ouvert la bouche, estomaqué.

– Première nouvelle... Et où est-il, ce fameux livre ?

– Je me suis trompé, j'ai pris le livre d'histoire à la place. La couverture, elle est bleue, pareil. Alors j'ai confondu. C'est pas ma faute. Moi, mon livre, je l'ai pris. Alors dites pas que j'ai pas mon matériel ! C'est de la *mytho* !

Le prof a hoché la tête de droite à gauche, visiblement sidéré.

– Ça, c'est la meilleure de l'année... Bon, allez, tu me fatigues, Dylan. Tu notes ta punition ou je la transforme en heure de colle.

– C'est trop rajouté ! Depuis le début de l'heure, Dylan, toujours Dylan, comme par hasard... C'est du har-cè-le-ment moral, que ça s'appelle !

Il a bien détaché les syllabes, tout fier d'employer un mot recherché, souriant à la cantonade pour observer son petit effet.

C'est là que le prof a craqué. Il a hurlé :

– Tu nous as fait perdre assez de temps comme ça, maintenant tu prends tes affaires et tu vas en permanence ! Tu dégages, ça nous fera des vacances !

Dylan s'est levé, la mâchoire crispée, les poings serrés.

– Vous avez pas à me parler comme ça !

Le prof s'est tourné vers la classe. On aurait dit qu'il cherchait de l'aide.

– Qui sont les délégués dans cette classe ? Vous l'accompagnez à la Vie scolaire...

Cinq mains se sont levées. Parmi elles, celles de trois copains de Dylan qui n'ont jamais été délégués mais qui avaient envie d'aller faire un tour. Le prof ne savait plus où donner de la tête. Heureusement pour lui, on a frappé à la porte. C'était un surveillant qui venait distribuer des prospectus pour l'orientation en fin de troisième. Gomez lui a demandé d'emmener Dylan et le cours a pu reprendre. Enfin... mollement. Plus personne n'avait vraiment la tête à ça...

Je comprenais mieux pourquoi Sam m'avait tout de suite mis en garde.

Dans toutes les classes, il y a d'un côté les intellos, d'un autre les bouffons, les blaireaux ou, pire, les mongols. Et puis il y a les *racailles*.

Dylan avait choisi son camp.

Et il tenait clairement à le faire savoir.

8

Après cet incident, Dylan m'a laissé à peu près tranquille pendant un bon bout de temps. Il était sans doute trop occupé à pourrir la vie du prof d'espagnol. Il avait déclaré à qui avait bien voulu l'entendre : « Je vais lui mettre la misère dans son cours, à çui-là ! »

Et il s'y employait sans relâche, du moins les jours où il daignait venir au collège.

Je commençais à respirer un peu lorsque, un jeudi, en plein milieu du cours de musique, monsieur Jodèle a dit :

– Puisqu'on travaille sur les instruments à vent, je me suis dit que Nicolas pourrait peut-être nous parler de la flûte traversière...

Sam m'a regardé avec des yeux ronds, comme la plupart des élèves d'ailleurs. Il m'a chuchoté :

– C'est quoi ce délire ?...

Moi, j'étais devenu cramoisi. Monsieur Jodèle s'est approché avec un sourire bienveillant.

– Tu crois que tu pourrais apporter ton instrument au prochain cours et nous faire une petite démonstration ? Quelque chose de tout simple, hein ? Juste pour que tes camarades puissent comparer avec leur flûte à bec...

– Eh bien, heu...

J'ai failli dire non.

Dans ma tête, une voix martelait : « Non, non ! Tu es fou ? Pas question ! »

Et puis j'ai croisé le regard de Marie.

Pour la première fois, elle me regardait avec *intérêt*. Je te jure, Rudy. C'est comme si j'avais brutalement cessé d'être transparent. Elle a dit quelque chose à l'oreille de sa copine Julie qui a hoché la tête. Mon cœur s'est mis à battre follement. Mes yeux ont fait le tour de la classe en un éclair. Dylan était absent ce jour-là. Yann, son copain antillais, affichait un sourire tranquille.

Alors j'ai fait l'erreur de ma vie, Rudy. J'ai dit oui.

Monsieur Jodèle m'a remercié et il a continué son cours.

– Eh ben, mon vieux, tu caches bien ton jeu ! m'a soufflé Sam.

À l'interclasse, tout le monde m'est tombé dessus.

– C'est quoi, déjà, ton instrument ?

– Ça fait longtemps que tu en joues ?

– Tu veux devenir musicien professionnel ?

– Tu joues quoi comme style de musique ?

– C'est comment ton prénom, déjà ?...

C'est dingue ! J'avais l'impression qu'ils découvraient tout à coup qu'il y avait un nouveau dans leur classe ! Je leur répondais sans réfléchir, comme un automate, marmonnant entre mes dents. J'ai toujours eu horreur de ce genre de situation. Marie ne m'a posé aucune question. Un peu à l'écart, les bras croisés, elle me regardait. L'air de quelqu'un qui attend de voir. Je ne savais pas si c'était bon signe ou si, au contraire, elle trouvait que je me la pétais un peu trop. J'avais envie de retourner voir monsieur Jodèle, de lui dire : « Ça va pas être possible, on laisse tomber... » Mais j'aurais perdu la face devant la classe. Devant Marie surtout. Impossible.

Pendant toute la semaine, j'ai prié pour que Dylan soit encore absent le jour où on avait musique. Mais je venais juste de franchir le portail du collège quand j'ai entendu dans mon dos :

– Qu'est-ce que tu transportes dans ta mallette, James Bond ? Un fusil à lunette ?

Je ne lui ai pas répondu. J'ai serré la poignée de mon étui.

La veille au soir – tu te souviens, Rudy ? –, tandis que Mum et Francis étaient devant la télé, je l'avais exhumé du placard de ma chambre. Mon cœur battait fort au moment où je l'avais ouvert. Il me semblait qu'il y avait des siècles... Ma flûte m'attendait sagement, toujours aussi belle. Je l'avais alors nettoyée, la frottant avec une peau de chamois pour la rendre la plus brillante possible.

Après avoir hésité un peu, je m'étais mis à jouer, histoire de vérifier que je n'avais pas tout perdu en quelques semaines. Tu t'étais assis pour m'écouter et j'avais bien vu que ça te faisait drôlement plaisir. Je n'avais pas joué trop longtemps, parce que je ne voulais pas que Mum et Francis m'entendent. Mes doigts s'étaient vite dérouillés et je m'étais senti tellement bien tout à coup, tellement léger, tellement heureux, que j'aurais été capable de jouer toute la nuit. Avec mon instrument entre les mains, je devenais soudain incroyablement fort. Plus grand. Plus beau. Invincible. Plus rien ne me faisait peur !

Mais le lendemain matin, l'enchantement s'est rompu dès que j'ai franchi la grille du collège. J'ai foncé à la loge du gardien pour lui demander de me garder mon étui jusqu'à l'heure de musique. C'était juste après la récréation de dix heures. Pendant les deux heures qui précédaient, je me suis maudit de m'être fourré dans cette situation. Je me suis mis à échafauder des plans vaseux, du style faire croire à monsieur Jodèle que j'avais oublié ma flûte – « Crétin ! Ça ne marchera pas, puisque Dylan t'a vu arriver avec ! » – ou bien me faire mal à la main, me fouler le poignet – « C'est ça ! Et tu auras l'air bien ridicule avec ta belle flûte dont tu ne peux pas te servir ! »... J'entendais d'ici toutes tes objections, mon vieux Rudy. Je savais bien que tu aurais été furieux si tu avais su que j'essayais de trouver un moyen de me défiler. Plus l'heure tournait et plus mon angoisse montait. Sam ne m'avait pas demandé si j'avais apporté ma flûte, il avait déjà oublié que c'était ce jour-là, il est comme ça, Sam, au bout de trois mois, il n'avait toujours pas mémorisé son emploi du temps. Mais quelqu'un s'en souvenait. Quelqu'un qui m'a dit, en passant devant moi au moment où on rangeait nos affaires pour descendre en récré :

– Alors c'est aujourd'hui, le grand jour ?

Marie ! J'ai rougi et j'ai tenté un vague sourire qui devait plus ressembler à une grimace. Je n'avais plus le choix ! Je suis descendu à la loge et j'ai récupéré mon instrument. Le gardien me l'a tendu avec un bon sourire.

– Tiens. Salut, l'artiste ! Un de ces quatre, il faudra que tu me montres ce que tu sais faire !

Je me suis enfui en hochant la tête et en le remerciant. Je n'ai pas eu le courage de retourner dans la cour. Je suis monté directement à la salle de musique et j'ai attendu devant la porte fermée. Monsieur Jodèle était sûrement en salle des profs. Je n'avais pas le droit d'être là pendant la récréation, mais si un surveillant passait, je lui expliquerais. Pendant dix minutes qui m'ont paru interminables, j'ai fait les cent pas en jetant des coups d'œil anxieux dans le couloir. J'ai aperçu un graffiti sur un pilier. Je me suis approché. C'était un tag. Tracé avec un marqueur vert. Sans doute un de ceux que les profs utilisent pour écrire sur les tableaux blancs. Ils se les font piquer sans arrêt. Il y avait trois mots.

DYLAN LE BOSS

J'ai pensé : « Pauvre mec ! »

9

Un bruit de scie électrique m'a vrillé les tympans et j'ai fait un bond. J'étais juste sous le haut-parleur qui diffusait la sonnerie. Mon palpitant s'est affolé. Le compte à rebours avait commencé. Deux minutes plus tard, la classe arrivait, suivie par le prof de musique. Il a regardé mon étui, a dit : « Ah ! parfait... », a ouvert la porte et nous a fait entrer. J'avais les jambes toutes molles quand il m'a demandé de venir me mettre au milieu des tables disposées en U. Je me suis adossé au piano. Dans ma poitrine, ça jouait du djembé. J'avais très chaud, je ne regardais personne. J'ai ouvert mon étui et j'ai entendu un grand « Oooohhh !... »

Monsieur Jodèle m'a dit : « Tu permets ? » et il a saisi délicatement l'instrument pour le montrer aux élèves en faisant le tour de la classe. Je me suis efforcé de respirer plus calmement et je l'ai écouté rappeler tout ce qu'il nous avait déjà expliqué sur les instruments à vent.

– Quelle différence principale constatez-vous avec votre flûte à bec ?

– Ben... elle est en métal, pas en bois ni en plastique...

– Exact.

– Monsieur ! C'est de l'or ?

– Demande plutôt à Nicolas.

J'ai répondu :

– ... Ben non..., ça coûterait trop cher...

– Ils en vendent peut-être chez Leader Price... a balancé Dylan.

Deux ou trois abrutis ont pouffé.

Monsieur Jodèle s'est tourné vers la classe :

– Voyez-vous une autre différence ?

Yann a lancé :

– Il manque pas une pièce, là ?

– Comment ça ? a fait le prof.

– Ben ouais ! Le bec.

Les élèves se sont mis à rigoler. Cynthia a levé les yeux au ciel.

– On est en train de t'expliquer que *c'est pas* une flûte à bec !

– Ben, on fait comment pour jouer, alors ? a demandé Dylan. On souffle avec le nez ?

Nouveaux rires. Mais le prof a rebondi là-dessus.

– C'est la question que j'attendais. Merci beaucoup, Dylan. Comment fait-on pour jouer... Ah, ah...

Puis, me rendant mon instrument :

– Nicolas ? Démonstration !

– Tu sais jouer la musique du *Parrain* ? a tenté Dylan.

Monsieur Jodèle l'a fait taire d'un regard.

J'ai fermé les yeux. Ce n'était pas le moment de flancher. J'ai inspiré profondément, puis j'ai plongé, laissant mes doigts choisir ce qu'ils avaient envie de jouer. La première chose qui est venue, c'est le morceau qu'on travaillait au moment où j'ai quitté la CHAM, une sonate pour flûte de Jean-Sébastien Bach.

En quelques secondes, le silence s'est fait dans la classe. Je le sais, parce que Sam m'a raconté. Il paraît qu'ils étaient tous scotchés. Moi, je ne voyais plus rien, je n'entendais plus rien. J'étais à des milliers de kilomètres. J'étais un aigle.

Je survolais des lacs, des montagnes. Je volais le plus haut, le plus loin, le plus vite possible. Le vent me portait. J'étais ivre. Et c'était bon, tellement bon ! Mes doigts ont enchaîné avec un concerto pour flûte de Mozart. Monsieur Jodèle s'est mis au piano et m'a accompagné. Et là, tout à coup, j'ai retrouvé la joie des après-midi passés à répéter un duo au conservatoire. Cette complicité si particulière des musiciens qui travaillent un même morceau. En quelques minutes, tout ce que j'avais cru perdu, perdu à jamais, m'était rendu. Je pensais sincèrement que je m'étais fait une raison, que j'avais accepté, qu'il ne subsisterait bientôt plus qu'un lointain souvenir, vaguement heureux, trop flou pour se transformer en regret.

J'avais cru qu'il serait facile de renoncer à la musique, que ce n'était qu'une question de volonté. Mais elle, elle n'avait pas renoncé à moi ! Elle était toujours là, en moi, nichée au plus profond. C'était elle qui me communiquait cette vibration intense, cette pulsation qui battait au creux de moi comme un tambour. Elle qui me donnait envie de crier de joie. Elle qui me faisait me sentir vivant. Vivant !

Elle faisait partie de moi, tu saisis ? Oh, Rudy, je suis sûr que toi, tu l'avais compris depuis longtemps. Rien qu'à voir ton regard chaque fois que je jouais...

Lorsque nous nous sommes arrêtés, la classe a applaudi à tout rompre en criant : « Bravo ! »

J'ai rouvert les yeux. Je n'ai vu qu'une chose : Marie.

Marie qui me souriait.

Marie dont les yeux brillaient comme jamais.

Pour la première fois, nos deux regards se sont accrochés l'un à l'autre. Et alors, je te le jure, *le temps s'est arrêté*. Tout s'est figé autour de nous et tout est devenu flou. Plus rien n'existait en dehors d'elle et moi.

Marie me regardait. Mieux : elle me parlait avec les yeux. « C'était beau, Nico... Tellement beau ! » Voilà ce qu'elle me disait.

La terre pouvait cesser de tourner. J'étais le roi du monde, Rudy.

C'est peu après la sortie du cours que la terre s'est arrêtée de tourner. Dylan m'a chopé par l'épaule et m'a plaqué violemment contre un mur.

– Tu crois que parce que tu joues du pipeau tu vas pouvoir emballer Marie, bouffon ? C'te meuf, elle est pour moi, alors retourne avec Pimprenelle et Nounours et joue-leur la ballade du marchand de sable ! Je te préviens, si tu l'approches, je t'éclate.

10

Sur le moment, je n'ai pas compris de quoi il me parlait.

Dylan et Marie. Marie et Dylan. Je ne connaissais pas deux personnes aussi peu faites l'une pour l'autre. D'un côté, la grâce incarnée, de l'autre, une brute épaisse. Comme si on avait voulu maquer Vanessa Paradis avec Sylvester Stallone.

J'avais juste négligé un détail. Dylan avait ce qu'on appelle *un physique*. Un mètre soixante-quinze, les yeux bleus, le cheveu ras mais tout ce qu'il y a de plus blond. Une vraie tronche de voyou : Di Caprio traité aux hormones de croissance. Le genre dont la plupart des filles raffolent. Ajoute à ça une grande gueule qui lui assure de ne jamais passer inaperçu et tu comprendras pourquoi j'ai soudain eu comme un vertige. Ce que je n'avais pas voulu voir jusqu'à présent m'a brusquement sauté aux yeux. Dylan draguait Marie ! Chaque fois qu'il se faisait remarquer en classe, il la regardait pour voir comment elle réagissait. S'il menait une vie infernale à plusieurs profs, c'était pour elle ! C'était sa façon de lui dire : « Regarde comme je suis fort. Personne ne me fait peur. » S'il jouait les gros caïds, c'était pour l'impressionner.

Pour qu'elle l'*admire* !

Et plus d'une fois j'avais surpris Marie en train de l'observer, ou même de rire de ses bêtises ! Va savoir ce qui peut se passer dans la tête d'une fille de quinze ans... Oh, Rudy ! Ce n'était pas possible ! Pas elle ! Je refusais d'envisager une seule seconde qu'un type comme lui puisse plaire à une fille comme elle ! C'était tout simplement inimaginable ! Elle se rendait forcément compte que c'était un abruti, elle, si fine, si intelligente... La seule pensée qu'il puisse avoir des vues sur elle me rendait malade.

Le lendemain de cette révélation fatidique, les délégués nous ont fait le compte rendu du conseil de classe qui avait eu lieu la veille au soir. Ça m'était un peu sorti de la tête... Dylan et Yann avaient tous les deux un avertissement travail et conduite. Ça n'a pas eu l'air de les traumatiser. Ils ont choqué leurs poings l'un contre l'autre en disant *« Yoh, man ! »* Sûr qu'il y avait de quoi être fier...

Marie et sa copine Julie avaient les compliments, et Sam les encouragements. Je l'ai félicité. J'étais vraiment content pour lui. Moi, je n'ai rien eu, car j'étais là depuis trop peu de temps. Le délégué m'a lu l'appréciation.

Dans l'ensemble, les profs me trouvaient « gentil, mais un peu trop discret ». J'avais l'habitude. *Trop discret*, c'était bien ça le problème...

Ce matin-là, nous avions deux heures de français séparées par la récréation. Dans ces cas-là, on laisse nos affaires dans la classe. On apprécie tous de ne pas avoir à trimballer nos sacs qui pèsent toujours trop lourd. Quand on est remontés en cours, je me suis aperçu que ma trousse avait disparu. J'ai dit à Sam que ce n'était pas drôle. Il m'a juré « sur la vie de sa *reum* » que c'était pas lui. J'ai interrogé mes voisins. Personne ne savait rien. Personne n'avait rien vu. Bien entendu.

Elle ne s'était pourtant pas envolée !

À l'heure suivante, on avait maths. Le prof a repéré que je n'avais pas mon compas. Je lui ai dit que je l'avais oublié et il m'a mis une croix pour oubli de matériel. Il est très strict là-dessus. Encore plus que Gomez. Au bout de trois croix (et non pas cinq, comme l'avait prétendu Yann), on a un avertissement. Sam a tenté de prendre ma défense.

– Mais monsieur, c'est pas sa faute ! On lui a pi...

Je lui ai pincé la cuisse et fait signe de laisser tomber. Je savais très bien qui avait fait le coup. Il n'était pas question de laisser voir que j'avais les boules. Non, je ne lui ferais pas ce plaisir !

Ce que j'ai eu plus de mal à encaisser, c'est que ce jour-là Dylan a brutalement décidé de changer de place. Il a viré les deux élèves qui occupaient la table derrière Marie.

Ils ont vaguement râlé pour la forme, mais l'ont laissé faire. Dylan s'est installé là avec Yann et il n'a pas arrêté de raconter des conneries pour faire rigoler Marie. Avec Julie, elles ont gloussé pendant tout le cours et ça m'a rendu furieux. Comment pouvait-elle trouver ce mec intéressant, avec ses vannes à deux balles ? C'est vrai, quoi, elle faisait plutôt partie du clan des intellos... D'habitude, ils ne se mélangent pas avec la racaille. Décidément, les filles, c'est compliqué. Mes pires craintes étaient confirmées. Dylan ne lâcherait pas Marie.

Quant à elle, elle ne me regardait plus. J'en venais à me dire que ce merveilleux moment de partage que j'avais eu avec elle n'avait jamais eu lieu. Que je l'avais certainement rêvé. Ou encore que j'avais mal interprété son regard, que je m'étais fait mes films, une fois de plus... Je ne savais plus quoi penser.

11

Le soir, en rentrant à la maison, je n'ai pas dit que je m'étais fait voler ma trousse. J'ai estimé que j'étais en âge de régler ce genre d'incident tout seul. J'ai ouvert la boîte en fer où je mets mon argent de poche, j'ai pris ce qu'il fallait.

– Je sors faire un tour rapidos avec Rudy !

On a filé au supermarché du coin. Le fameux supermarché... Tu te souviens, ça avait été un des arguments de Francis pour convaincre Mum : « Tu te rends compte ! En plus il y a un Champion à deux pas ! Tu pourras aller faire tes courses à pied ! »

J'étais effondré. Pendant quinze jours, je n'avais pas cessé de fredonner *We are the champions*... et tu avais bien été le seul à comprendre pourquoi. Enfin bref...

Pendant que tu m'attendais dehors, j'ai foncé au rayon papeterie. Trousse premier prix, stylo quatre couleurs, crayon à papier, gomme, taille-crayons, colle, compas... Je cochais au fur et mesure sur ma liste quand j'ai entendu :

– C'est cet enfoiré de Dylan qui t'a tiré ta trousse, je l'ai vu.

Cynthia se tenait près de moi, un pack d'eau minérale à la main. Elle l'a posé à ses pieds.

– La vache ! C'est lourd...

– Ah, salut Cynthia ! Tu fais tes courses, toi aussi ?

– Non, je travaille mes quadriceps. Le Gymnase Club, c'est trop *reuch* !

Elle a levé les yeux au ciel.

– Tu as entendu ce que je viens de te dire, Nico ?

J'ai soupiré.

– Ouais, ma vieille... Je le sais bien, que c'est Dylan ! Mais s'il sait que je sais, il a gagné et il est content. Alors je préfère jouer le *tebê* de service !

– Je sais pas comment tu fais...

– Comme toi avec le gobelet...

– Il est à baffer, ce mec. Une vraie racaille. Un pauvre nase qui se prend pour un boss. Mais un jour, il va tomber sur un os et il va pleurer sa mère, je te le dis !

Son visage s'est durci et sa mâchoire s'est crispée. Ses yeux gris ont pris la couleur de l'acier. J'ai senti que Dylan avait dû lui faire plus d'un sale coup.

– Et au fait, ton dessin ?

– Ah ! La prof a été sympa, elle m'a donné un délai.

– Cool.

– Ma sœur m'a un peu aidée. Elle prépare les Beaux-Arts.

J'ai émis un sifflement admiratif. Elle a souri.

– Tu le gardes pour toi, hein ?

– T'inquiète, j'suis pas une balance.

Cynthia a repris ses bouteilles d'eau.

– Bon, faut que je file, moi ! À demain !

– À dem...

Je n'ai pas eu le temps de terminer. Elle s'est haussée sur la pointe des pieds et m'a fait deux bises rapides. Je ne m'attendais pas à ça ! Je l'ai regardée s'éloigner, planté comme un benêt devant mes rangées de stylos. J'ai jeté encore un ou deux articles dans mon panier rouge en plastique et j'ai filé à la caisse.

Ensuite, mon Rudy, je t'ai rejoint en vitesse. Tu commençais à trouver le temps long. Un peu plus loin sur le trottoir, j'ai aperçu Cynthia qui rentrait chez elle. Visiblement, elle peinait à porter ses bouteilles d'eau. Je t'ai dit :

– Viens ! On va faire notre B.A. du jour.

On a accéléré un peu pour la rattraper, puis on est arrivés derrière elle à pas de loup, et j'ai attrapé le pack en clamant :

– Nico-presto-costaud, le porteur qu'il vous faut !

Elle a sursauté.

– T'es con ! Tu m'as fichu la trouille !

– On ne t'a jamais dit que tu devrais surveiller ton langage ?

– Oh, ça va !...

C'est à ce moment-là qu'elle s'est rendu compte que je n'étais pas seul.

– Mais qui c'est celui-là ?... Mon Dieu ! il est trop mignon !

– Je te présente Rudy. Rudy, Cynthia.

Elle s'est agenouillée pour être à ta hauteur.

– Chouette nom, Rudy ! T'as quel âge ?

– Quatre ans. Mais c'est un garçon très timide.

Elle a ri.

– Un peu comme toi, alors ?

– Hé oui ! C'est de famille.

– C'est marrant, vous ne vous ressemblez pas du tout.

– Hé oui ! Il est beau, lui ! C'est normal, c'est moi l'aîné.

– Et alors ?

– Je ne suis que le brouillon. Le chef-d'œuvre, c'est lui.

Elle s'est remise à rire, secouant ses cheveux bouclés.

– Ce que tu peux être con quand tu t'y mets...

On a accompagné Cynthia jusqu'au pied de son immeuble. C'est comme ça que je me suis aperçu qu'elle habitait tout près de chez nous. En guise d'au revoir, on a eu droit à une bise chacun. Celle-ci, je te la dois. Aucune fille n'a jamais pu te résister.

Avant de disparaître, Cynthia m'a lancé :

– Salut, le brouillon ! En tout cas, ça m'étonnerait que Rudy joue de la flûte comme un dieu, *lui* !

Tu te rends compte ? Elle avait dit « un dieu »... En parlant de *moi* ! Tu imagines ?

Qu'est-ce que j'aurais donné pour que ce soit Marie qui ait prononcé ces mots...

Ce soir-là, on a bavardé longtemps toi et moi, avant de s'endormir. Tu trouvais Cynthia drôlement chouette, avec ses cheveux cuivrés et ses taches de rousseur. Je t'ai signalé que tu avais sûrement un ticket avec elle. On s'est dit que la journée s'était terminée mille fois mieux qu'elle n'avait commencé, et que finalement notre bonne étoile ne nous avait peut-être pas abandonnés. On y croyait, Rudy...

Quand j'y repense, ça me fait chaud au cœur. Je me dis qu'on a eu de chouettes moments, tous les deux.

Un tas de sacrés chouettes moments, vieux.

Deuxième cahier

12

C'était un vendredi de décembre. À la récréation de seize heures. Il faisait un sale temps, un brouillard glacé qui vous tombait dessus et vous prenait aux épaules. La lumière du jour commençait déjà à baisser, on sentait qu'il ne tarderait plus à faire nuit. Je faisais les cent pas dans la cour pour tenter de me réchauffer. Sam était parti, comme la moitié de la classe. Pour cette dernière heure de techno de la semaine, on était en demi-groupe. Quelques élèves avaient bien essayé de négocier une récré peinarde au chaud dans le hall, mais Florian, l'aide-éducateur, avait été inflexible. Il était tout seul le vendredi après-midi et ne pouvait pas surveiller à la fois la cour et le hall. Et puis il en avait marre qu'on s'assoie sur les radiateurs. À force, la moitié d'entre eux étaient pétés. Alors on était tous là à piétiner dans le froid, certains faisaient inlassablement le tour de la cour, d'autres jouaient mollement au foot avec une vieille balle de tennis, quelques-uns bavardaient assis sur leurs talons, le dos appuyé au mur. De petits nuages de buée s'échappaient de leur bouche. De loin, on aurait pu croire qu'ils étaient en train de fumer. Florian s'était posté près des toilettes et braillait après ceux qui avaient tendance à s'y éterniser. Généralement, c'est la planque préférée des fumeurs – les vrais.

À l'autre bout de la cour, Dylan et ses potes étaient en plein palabre. Ils formaient un cercle compact qui n'offrait aux regards indiscrets qu'une succession de dos élargis par des doudounes.

Façon concile de bonshommes Michelin.

Parmi eux, il y avait bien sûr Yann, l'éminence grise de Dylan-ze-boss, mais aussi Issa, un type de ma classe que jusque-là je trouvais sympa mais influençable, et puis trois autres mecs avec qui Dylan traîne tout le temps et qui ont une sale réputation dans le collège. Bref, la crème du clan des racailles, reconnaissables à leur sac de classe pratiquement vide, à leur pantalon de survêt' rentré dans leurs chaussettes blanches, à leur bonnet *Naïque* enfoncé jusqu'aux yeux ou à leur sweat à capuche qui dissimule leur visage été comme hiver, dedans comme dehors. Au bout d'un petit moment, ils ont tous regardé dans la même direction, puis, d'un commun accord, ils se sont dirigés ensemble vers un gars qui se tenait tout seul dans un coin. Je le connaissais de vue. C'était un mec de quatrième un peu *space*, on avait l'impression qu'il n'avait pas de copains, il était toujours tout seul. À chaque récré, il se plantait quelque part et ne bougeait pratiquement plus jusqu'à la sonnerie. Il regardait autour de lui. Quelquefois, il souriait. Cela s'est passé très vite. Ils l'ont encerclé, un des potes de Dylan a mis les mains sur ses yeux et les autres ont commencé à le frapper. Coups de poing dans le ventre, coups de pied dans les jambes, claques sur la tête. Le gars n'a pas crié. Pas dit un mot. Rien. Je n'étais qu'à quelques mètres, j'ai tout vu. Je ne savais pas quoi faire. J'ai cherché Florian des yeux. Je l'ai aperçu qui regardait dans notre direction. Il a quitté son poste et est venu vers nous, sans se presser. Mais Yann l'a vu aussi. Il a sifflé et les six agresseurs se sont dispersés en un clin d'œil. Une véritable envolée de moineaux. Ils ont laissé le pauvre mec à terre, courbé en deux. Mais le surveillant a fait demi-tour. Il avait pourtant très bien vu ce qui s'était passé. Il *ne pouvait pas* ne pas avoir vu ! J'étais consterné.

J'ai aidé le gars à se relever. Il m'a dit : « Laisse tomber. » Et s'est éloigné en se tenant les côtes.

À la fin de la récré, on est remontés en cours. C'est là que Dylan, Yann et Issa m'ont coincé dans un couloir un peu sombre.

Ils m'ont plaqué contre un mur (décidément, c'était une manie !), un à droite, l'autre à gauche. Au milieu, face à moi, Dylan a craché :

– Je te préviens, Pipeau : tu sais rien, t'as rien vu. Sinon, la prochaine fois, c'est ton tour.

Je n'ai pas répondu. Je me suis contenté de le regarder sans jamais baisser les yeux. Et j'ai mis dans mon regard tout le dégoût et le mépris qu'ils m'inspiraient, lui et ses sbires. J'ai eu le sentiment qu'il comprenait parfaitement le message.

– Les gars, on ne traîne pas dans les couloirs !

Le prof de techno battait le rappel.

Ils m'ont lâché et j'ai repensé à ce que m'avait dit Cynthia. Dylan croyait vraiment qu'il faisait la loi au collège. Il faudrait bien qu'un jour il tombe sur un os. Je ne savais pas quand cela arriverait ni comment, mais j'espérais bien que j'y serais pour quelque chose.

En sortant, à dix-sept heures, j'ai vu Florian qui récupérait sa voiture dans le parking des profs.

Avant de monter dedans, il en a fait deux fois le tour et a vérifié l'état de chacun de ses pneus. En parlant avec Sam, j'ai appris qu'il faisait ça tous les jours.

13

— Arrête avec cette porte, Nicolas !

Je ne sais pas pourquoi, chaque fois que je passais devant la porte de la pièce fermée, j'appuyais sur la poignée. C'est idiot, je sais. Ça énervait Francis et Mum. Mais c'était devenu un réflexe. Une manière de dire : « Salut ! Je suis là. »

Quand on vit à côté d'une porte fermée, comment s'empêcher d'imaginer ce qu'il y a derrière ? Je n'aimais pas cet appartement. Je le trouvais moche, triste, vieillot. Finalement, son seul intérêt, c'était cette porte fermée. Tu te souviens de *La Barbe-Bleue*, Rudy ? Une pièce interdite, dans une maison, on finit par ne plus penser qu'à ça. À force de passer devant tous les jours, on sent grandir l'envie de savoir. L'envie de passer de l'autre côté, de franchir la limite. Bientôt, cette envie devient un besoin. On se dit que oui, décidément, *il faut* qu'on sache. Pourtant, curieusement, ce besoin est contrebalancé par une envie opposée : celle de *ne pas savoir*. Car savoir, c'est être déçu. Tant qu'on reste du côté autorisé, on peut imaginer. Tout ce qu'on veut. Le sanglant cabinet de Barbe-Bleue comme la caverne d'Ali Baba. Un passage secret. La quatrième dimension. Absolument tout. La porte fermée signifie une infinité de découvertes possibles. Mais une fois qu'on en aura franchi le seuil, on *saura*. On ne pourra plus jamais imaginer telle ou telle chose. On connaîtra la vérité. Il n'y aura plus de place pour le rêve. La réalité l'aura détrôné. Une seule réalité. Réduisant à néant toutes celles qu'on avait imaginées. Désormais, il n'y aura plus qu'elle. On ne pourra même plus jouer à *faire comme si*.

Ainsi, savoir ce qui se cachait derrière cette porte était extrêmement tentant, mais cela signifiait renoncer du même coup à imaginer ce qu'elle dissimulait. Or, chaque jour, j'inventais à la pièce interdite une nouvelle fonction, je lui donnais un nouvel aspect, je la dotais d'une nouvelle histoire. Appuyer sur la poignée, c'était une façon d'entrer en contact physique avec elle. C'était lui dire : « Aujourd'hui, tu es la chambre-sanctuaire d'un petit enfant mort. Sur ton petit lit, les ours n'ont pas changé de place. Ils sont couverts de toiles d'araignée et la poussière leur a donné une méchante teinte grise. » Ou alors : « Tu es le laboratoire secret d'un savant fou. Il se livrait ici à des expériences interdites. » Tu te souviens, Rudy ? On a fait de cette fameuse pièce une cache d'armes pour terroristes en fuite, un bureau rempli de dossiers compromettants sur des hommes politiques ou des personnalités du show-biz, une planque regorgeant de cannabis et de cocaïne... Chaque fois, on échafaudait un scénario dans lequel Pascal jouait un rôle plus ou moins trouble. Après tout, est-ce que ce n'était pas suspect, cette décision soudaine de partir faire le tour du monde ? N'avait-il pas quelque chose à cacher ? À qui ou à quoi voulait-il échapper ? On l'imaginait tour à tour trafiquant, gourou, agent secret ou victime d'un odieux chantage... Ça nous a occupés des heures, ces histoires-là !

Il faut dire que ces petits délires avaient un énorme avantage : ils m'évitaient de penser à ce qui se passait au collège.

Dylan tournait toujours autour de Marie, qui ne le repoussait pas franchement. Moi, je me contentais de la regarder de loin. Je la trouvais de plus en plus belle. Quelquefois, nos regards se croisaient et elle me souriait. Mais je me disais qu'elle faisait sans doute ça avec tout le monde, par réflexe, et qu'il ne fallait pas que j'aille encore m'imaginer des trucs.

Pourtant, un jeudi après-midi, j'ai bien vu qu'elle me guettait. Elle s'est arrangée pour sortir en même temps que moi du cours de français et elle m'a demandé :

– Quand est-ce que tu rapportes ta flûte en musique ?

Je m'attendais tellement peu à ça que j'ai bredouillé :

– Heu... eh bien... c'est-à-dire que c'était pas prévu...

– Ah bon ? Dommage...

Elle avait l'air sincèrement déçue.

– Mais tu sais... je peux y réfléchir...

Je me sentais lourdingue. À baffer. Soudain, la bousculade habituelle des fins de cours l'a poussée contre moi. L'espace d'une seconde, je l'ai tenue dans mes bras, mon nez a plongé dans ses cheveux. Une seconde de bonheur inespéré. Elle s'est dégagée en riant et a rejoint des copines qui l'appelaient. J'ai respiré la paume de mes mains avant que son parfum s'envole. J'aurais voulu le garder toujours. Ce parfum-là, Rudy, je sais que jamais je ne l'oublierai. À cet instant précis, il s'est gravé au plus profond de moi. Tout comme la certitude que quelque chose aurait lieu entre Marie et moi. Que quelque chose nous liait *déjà*. Quelque chose qui ne s'expliquait pas. Une chose contre laquelle même une armée de Dylan serait impuissante. Et dans le regard que m'a lancé Marie en s'éloignant, j'ai lu qu'elle aussi, elle savait.

Je n'avais pas fait trois pas dans le couloir que je me suis senti happé par-derrière. Quelqu'un m'avait attrapé par mon sac à dos et me secouait avec brutalité.

– Dis donc, Pipeau... t'as pas bien compris mon message de l'autre fois ?

– Lâche-moi !

Faisant un brusque mouvement sur le côté, j'ai réussi à me dégager. Dylan a essayé de saisir de nouveau la bretelle de mon sac, mais j'ai repoussé son bras avec force.

– Tu me touches pas !

– Oh, oh ! Il est pas content, on dirait !

Un prof qui passait dans le couloir nous a lancé un regard suspicieux et j'en ai profité pour prendre une longueur d'avance. Mais Dylan m'a rattrapé et m'a donné un grand coup dans l'épaule avec le plat de la main, me déséquilibrant. Il s'est mis à rire.

– Qu'est-ce qui t'arrive, Pipeau ? On dirait que tu marches pas droit ! T'es bourré ou quoi ?

Mon cœur cognait comme un fou. Je sentais le sang battre à mes tempes.

– Casse-toi, j'ai rien à te dire !

Où avais-je trouvé le courage de prononcer une telle phrase ? Je n'en revenais pas moi-même.

– Ah oui ? Eh bien moi, j'ai quelque chose à te dire, connard ! Marie, tu la touches pas ! Même pas tu la regardes, compris ?

J'allais me laisser dicter ma conduite par un mec qui ne savait même pas aligner deux phrases de français correct ? Le regard que je lui ai balancé l'a clairement informé du contraire.

– Qu'est-ce que t'as à me regarder comme ça, bouffon ?! Toi, un de ces quatre, je vais t'éclater la tronche. T'as vraiment une gueule qui m'revient pas ! Pauvre bâtard... J'te préviens, t'as pas intérêt à me soûler !...

Il a levé la main comme s'il allait me frapper. Je n'ai pas baissé les yeux. Il me dépassait d'une tête. Tout ce que je pouvais faire, c'était l'obliger à cogner quelqu'un qui le regardait en face. Il a craché par terre et s'est contenté de visser un index vengeur dans les airs, puis il s'est éloigné de sa démarche de canard en répétant :

– La vie d'ma mère, j'vais m'le faire, lui !

Pas besoin d'être Einstein pour deviner que je venais de signer la fin de ma – relative – tranquillité.

Dès le lendemain, Dylan m'accueillait à coups de grandes bourrades dans le dos en clamant, assez fort pour que tout le monde l'entende :

– Salut, Pipeau ! Comment ça va aujourd'hui ? T'as pas mis ton costume de Schtroumpf ce matin ? Dommâââge...

Bien entendu, ses copains étaient là, à s'esclaffer autour de lui. Dans un premier temps, j'ai opté pour la politique de l'indifférence, ne les regardant pas plus que s'ils avaient été des meubles. Bien sûr, je bouillais intérieurement de l'entendre m'humilier ainsi. Mais je m'interdisais de le lui montrer. C'est là que j'ai eu tort, tu vois, Rudy. Je le réalise maintenant. Parce que ce qui le rendait furieux par-dessus tout, c'était qu'on ne s'intéresse pas à lui. Mais ça, je l'ai compris plus tard.

Trop tard.

14

C'est à cette période que j'ai repris la flûte de façon assidue. Tout seul, à la maison, quand Mum et Francis étaient au boulot. J'ai très vite retrouvé mon meilleur niveau et j'ai commencé à travailler de nouveaux morceaux. Il n'était pas rare que je joue jusqu'à deux ou trois heures d'affilée. Je ne voyais pas le temps passer. Et puis ça m'aidait à supporter les brimades répétées que me faisait subir Dylan. Il n'y avait pratiquement pas de jour où il me laissait tranquille. C'était une succession de mots blessants, de grandes claques dans le dos faussement amicales, de coups tordus dont il avait fait sa spécialité. J'étais sans arrêt sur mes gardes, surveillant mon matériel (après la trousse, un stylo avait, lui aussi, mystérieusement disparu), faisant des détours pour les éviter, lui et sa bande, sursautant dès que quelqu'un me bousculait dans les couloirs. J'avais cessé de mettre un bonnet depuis qu'il me l'avait chipé dans la cour, le lançant à Yann qui l'avait à son tour lancé à Issa et ainsi de suite, et que je m'étais ridiculisé pendant dix minutes à essayer de le récupérer. Tout cela pour qu'il finisse par atterrir dans une flaque de boue...

– Oh ! excuse... J'ai vraiment pas fait exprès... avait prétendu Dylan alors que la CPE passait à proximité.

Elle s'était contentée de lui demander d'arrêter ses jeux stupides.

Une autre fois, j'ai passé une heure à nettoyer un sweat blanc tout neuf que Mum venait de m'acheter. « Quelqu'un » avait projeté de l'encre dans mon dos et il était constellé de taches. J'ai eu un mal fou à les faire partir. J'étais à peu près sûr que ça s'était passé en cours de SVT. Dylan était juste derrière moi et la prof était trop absorbée par son expérience et par le brouhaha incessant de la classe pour remarquer quoi que ce soit. C'est Sam qui m'avait averti à la fin du cours, alors que nous rangions nos affaires. Je crois qu'il était encore plus furieux que moi. Ce jour-là, on avait prévu que j'aille chez lui après les cours. Il voulait absolument me montrer un jeu vidéo qu'il trouvait « terrible ». Mais dès qu'on est arrivés, il a commencé par retourner les placards de la cuisine, jusqu'à ce qu'il trouve le « super-détachant » que sa mère employait pour les taches rebelles.

– Vas-y, désape-toi. Si on nettoie pas tout de suite, ça partira jamais.

C'est comme ça que je me suis retrouvé à moitié à poil devant une bassine d'eau chaude, tandis que

Samuel, sourcils froncés, lisait les instructions à voix haute.

– « Dissoudre complètement deux cuillerées à café de poudre dans un demi-litre d'eau chaude... » Bon, ça, c'est O.K. « Immerger la partie tachée dans la solution et laisser agir environ trente minutes... » Ça nous laisse le temps de manger un petit quelque chose. J'ai la dalle, pas toi ?

– Bof...

En deux secondes, il a dégainé pain, Nutella et jus d'orange.

– Allez, ça te remontera le moral !

– Un sweat tout neuf...

– On va le ravoir, ton sweat, t'en fais pas...

Il m'a tendu une tartine, puis m'a observé avec étonnement.

– Putain, t'es vachement *grem's*, j'avais jamais remarqué. Comment tu fais ?

J'ai haussé les épaules.

– J'ai toujours été comme ça. Ma mère n'a jamais réussi à me faire grossir.

– T'as de la veine... a dit Sam en engloutissant une cuillerée de Nutella.

– Tu parles... Il y a des jours où j'aimerais vraiment être plus costaud...

– Face à un mec comme Dylan, ça te servirait pas à grand-chose. Regarde, moi...

– Ah, parce que toi aussi...

– Hmmm... une vieille histoire, a fait Sam entre deux bouchées.

– Raconte.

– Tu le gardes pour toi, hein ?

– Parole de scout.

– T'es scout, toi ?

– Non, mais on s'en fout.

Sam s'est mis à rire. Il nous a servi deux verres de jus d'orange, a pris une nouvelle tranche de pain, puis il a commencé à raconter, tout en tartinant.

– Au début de l'année dernière, Dylan s'est mis à racketter un petit de sixième. Au bout de plusieurs semaines, le gosse a fini par craquer et il est allé le dire à la CPE. Alors elle, elle se l'est jouée à la Derrick et elle a voulu réunir des preuves, des témoignages, etc. Elle a même organisé des interrogatoires et tout ça. Dylan, je l'avais vu faire avec le petit. Deux fois. Par hasard. J'étais là où il fallait pas au mauvais moment, c'est tout. J'avais été tenté de le dénoncer. Je trouvais ça vraiment dégueulasse, ce qu'il faisait. Et puis je me disais que ça pouvait arriver à mon petit frère. Si personne ne disait jamais rien, sous prétexte qu'il faut pas balancer...

– C'est pourtant ce que tu m'as conseillé quand je suis arrivé...

– Attends la suite. Donc j'ai accepté de témoigner. La CPE m'avait juré que personne ne le saurait, qu'elle protégerait les témoins, tout ça... Dylan est passé en conseil de discipline et a été renvoyé un mois.

– Ça aurait pu être pire. Il a eu un mois de vacances...

– Ouais... Nous aussi, ça nous a fait des vacances. Mais ça passe vite, un mois. Il est revenu, et lui aussi, il avait fait sa petite enquête. Je ne sais pas comment il a fait, mais il a su que j'avais témoigné contre lui.

– Merde...

– Tu l'as dit. Et tu sais ce qu'il a fait, cette pourriture ?

– Non.

– Il a chopé mon petit frère au square et il lui a cassé le bras.

Je me suis senti blêmir de rage.

– C'est pas vrai...

– Si ! Il savait que s'il s'en prenait directement à moi, il risquait l'exclusion définitive. Alors c'est mon frangin qui a trinqué. Dylan lui a dit de nous raconter qu'il était tombé de vélo. Sinon, il lui cassait l'autre bras. Mon frère était terrorisé. J'ai eu un mal fou à lui faire avouer la vérité. Pendant trois mois, je ne l'ai plus lâché d'une semelle. Tu peux pas imaginer comme j'avais la trouille pour lui !

– Si... je peux.

En écoutant Sam, je m'étais mis à trembler. J'étais tellement écœuré par ce que je venais d'entendre que je n'ai pas pu finir ma tartine. Tout en parlant, Sam avait tordu sa petite cuillère et il s'efforçait de la redresser.

– Tu comprends, maintenant ?

J'ai hoché la tête. Un grand frisson m'a secoué des pieds à la tête.

– Attends. Je reviens.

Je l'ai entendu monter l'escalier quatre à quatre, puis redescendre en courant. Il m'a tendu un pull. Son préféré. Le bleu avec une tête de pitbull dessus.

– Enfile ça, tu vas attraper la crève.

J'ai obéi. Il m'a regardé et il a éclaté de rire.

– Ah non ! Trop fort ! Il faut que tu voies ça !

Il m'a entraîné jusqu'à la salle de bains et m'a poussé devant le miroir. J'avais l'air d'un gosse qui a piqué les habits de son père pour se déguiser. Il y avait de la place pour trois gars comme moi dans ce pull-là. J'ai fait la grimace.

– Comme chemise de nuit, ça pourrait faire l'affaire...

– Ma parole, c'est toi qui as rétréci au lavage ou quoi ?

On a été pris d'un fou rire. Sam s'en est presque étouffé. Surtout quand je suis retourné à la cuisine pour frotter mon sweat dans la bassine.

– Chérie ! C'est bientôt fini, cette lessive ? a fait Sam.

– Minute, mon loulou ! Tu vois bien que je fais ce que je peux, mais cette saleté résiste, alors je frotte, je frotte... J'aimerais bien t'y voir !

Sam hurlait de rire. Moi, j'en avais mal aux abdos. Au bout d'une grande demi-heure, j'avais réussi à venir à bout de la majeure partie des taches. J'avais tellement frotté que j'en avais la jointure des doigts à vif.

– Bon, Rudy m'attend, va falloir que j'y aille.

– Peut-être pas dans cette tenue... a pouffé Sam.

Il a fini par me dégotter un vieux pull dans lequel il ne rentrait plus, on a mis mon vêtement dans un sac plastique et je suis retourné à la maison.

Un dernier rinçage, un coup de sèche-linge et le tour était joué. Ouf ! Mon sweat était sauvé. J'ai appelé Sam pour le remercier.

– Faudra quand même que tu passes un de ces soirs pour que je te montre mon jeu...

J'avais complètement oublié !

– Promis !

– Parole de scout ?

– Parole de scout !

– Bon, ben salut, à demain. Bonjour à Rudy !

J'ai transmis.

Mais tu m'as accueilli en faisant la gueule, parce que je t'avais laissé longtemps tout seul. Je t'ai raconté mes mésaventures.

Ça ne t'a pas fait rire.

15

Depuis notre rencontre au supermarché, je voyais maintenant Cynthia assez souvent en dehors des cours.

Le mercredi après-midi ou le samedi, on allait à la médiathèque ensemble. Je la trouvais drôle, avec ses tenues incroyables dénichées chez les fripiers, aussi colorées que son langage. J'aimais bien son extravagance, son absence de complexes, son franc-parler. J'avais remarqué que tu étais toujours content de la voir, toi aussi. Et elle, elle t'adorait.

La première fois qu'elle a sonné chez nous, elle a dit dans l'interphone :

– J'ai un cadeau pour Rudy. Je peux monter ?

C'était un bandana turquoise. Il t'allait sacrément bien. Tu n'étais pas peu fier. Tu l'as gardé un bon bout de temps avant d'accepter qu'on te l'enlève.

Un après-midi, elle m'a appelé pour me proposer d'aller au cinoche. Je n'avais pas envie. Le matin même,

Dylan m'avait fait un croche-pied pendant le match de foot et je m'étais ramassé. Mon genou saignait. Le prof d'EPS avait sorti son spray désinfectant et pendant qu'il me soignait, j'ai entendu :

– A bobo Pipeau !... Pauvre chochotte, tu devrais faire de la danse !

La veille, il m'avait bousculé à la cantine et j'avais renversé mon plateau. J'avais dû tout nettoyer et je m'étais fait engueuler par la CPE. Je commençais à en avoir vraiment ras le bol. Alors autant te dire que ce jour-là j'avais le moral encore plus bas que mes chaussettes. Cynthia l'a senti. Elle ne m'a pas laissé le choix.

– Je viens ! On parlera.

Je suis allé lui ouvrir en boitant. J'avais mal au crâne. Je voulais dormir.

Elle a trouvé direct l'armoire à pharmacie dans la salle de bains, un verre d'eau dans la cuisine et m'a tendu une solution blanchâtre qui faisait « pssshhh »...

– Avale ça, tu te sentiras mieux.

J'ai obéi, puis je me suis affalé sur mon lit. Elle s'est assise par terre, l'avant-bras posé à côté de moi, la tête appuyée sur son poing fermé. Elle portait un parfum ambré, mêlé d'épices et de vanille. J'ai fermé les yeux. J'étais bien. Brusquement, elle a tapé sur le matelas, me faisant sursauter.

– Non mais, c'est pas possible ! On va pas continuer à le laisser faire, ce connard !

– Cynthia, j'ai mal à la tête...

– Pardon !...

Elle a continué en chuchotant :

– C'est vrai, quoi ! Il est en train de te pourrir la vie !

J'ai articulé d'une voix pâteuse :

– Y a un proverbe chinois... non ! arabe... ou chinois... enfin, les deux...

– Oui ?

– ... qui dit : « Assieds-toi au bord du fleuve. Un beau jour, tu verras passer le cadavre de ton ennemi. »

– Ouais, ben ils sont bien gentils, les Chinois... ou les Arabes, enfin bref ! Mais si on les écoute, on risque de passer cent piges au bord du fleuve à s'en prendre plein la gueule. Bonjour le programme !

– C'est mon problème, Cynthia...

– MAIS T'ES MASO OU QUOI ?

– Aaaarrrg !...

– Oh ! pardon !... Mais t'es maso ou quoi ?

– Tu sais bien que non...

– Et puis d'abord, qu'est-ce que tu lui as fait, à Dylan ? Pourquoi il s'acharne sur toi comme ça, hein ?

J'ai failli lui parler de Marie. Et puis j'ai croisé son beau regard gris, brillant de colère, et je ne sais pas pourquoi, j'ai eu honte. Et sans doute un peu peur aussi. Peur d'être ridicule. Peur de gâcher quelque chose. Alors je me suis contenté de dire :

– Il avait besoin d'une tête de Turc. Je suis nouveau, pas vraiment costaud. Le client idéal.

Ça avait sûrement du vrai. Mais c'était loin de pouvoir calmer Cynthia.

– Quel lâche ! On peut dire qu'il s'arrange vraiment pas en vieillissant !

Elle tirait avec acharnement sur les poils du couvre-lit en fourrure synthétique, à quelques centimètres de mon bras. Tu te souviens, Rudy ? Ce truc ringard qu'on appelait « la couverture en peau d'ours »... Je me suis demandé si Cynthia trouvait ça aussi moche que nous. En fait, elle avait l'air de s'en foutre. Elle se défoulait dessus sans même s'en rendre compte. Sa main n'était qu'à quelques centimètres de mon bras. Si près de moi que je pouvais sentir sa chaleur. C'était une sensation étrange. J'ai tourné la tête vers elle. Elle gardait les yeux fixement baissés. Pour la première fois, j'ai remarqué qu'elle avait aussi de petites taches de rousseur sur le nez. J'ai trouvé ça joli. Je me suis senti légèrement mal à l'aise tout à coup, alors j'ai rompu le silence.

– C'est quoi son problème à ce mec, tu le connais un peu, toi ?

Elle s'est redressée et a levé les yeux au ciel.

– Tu parles si je le connais ! Avant, j'habitais dans le même immeuble que lui. Les HLM années soixante-dix de l'autre côté de l'avenue, tu vois ?

– Mmmm...

– J'étais déjà dans sa classe en CM2, t'as qu'à voir...

– Et il était déjà chiant comme ça ?

– Pas vraiment. Faut dire qu'il était minus et épais comme un demi-Choco BN. À l'époque, je le trouvais plutôt sympa. En fait, je le plaignais.

– Tu le plaignais ?

– Ben ouais ! On avait un instit' hyper-vache. Monsieur Poutard, je m'en souviendrai toute ma vie. Dylan travaillait mal. Le maître arrêtait pas de se moquer de lui, de le traiter de nul. Il lui répétait qu'il finirait SDF ou dealer. C'était vraiment dégueulasse. Nous, on rigolait, on se rendait pas compte...

– Pourquoi il s'acharnait sur lui comme ça, cet instit' ?

– Je crois qu'il avait eu son frère quatre ans plus tôt...

– Ah ? Il a un frère ?

– Un demi. Pas du tout le même genre que lui. Un pur intello. Poutard ne pouvait pas s'empêcher de les comparer.

– Et qu'est-ce qu'il est devenu, ce frère ?

– Étudiant à Paris. Parcours brillant...

– T'en sais, des choses !

– Une copine de ma mère est leur voisine de palier... Maintenant, le frangin, il vit plus avec eux. Remarque, ça m'étonne pas...

– Pourquoi tu dis ça ?

– Ben, le père, c'est pas un marrant. Il s'est jamais gêné pour cogner ses mômes, celui-là. Surtout Dylan. Même qu'une fois, ma mère a failli appeler les flics...

– Sympa comme ambiance...

– Ouais, ben c'est pas une raison pour se venger sur des gens qui n'y sont pour rien ! Qu'est-ce qu'il s'imagine ? Qu'on va tout lui pardonner sous prétexte qu'il a eu une enfance difficile ? Il est pas le seul !...

Au moment où elle disait ces mots, sa voix s'est brisée et ses yeux se sont embués. Qu'est-ce que Dylan avait bien pu lui faire ? Je n'osais même pas l'imaginer... Devant moi, ce n'était plus la Cynthia un peu grande gueule au look de baroudeuse, mais une petite fille fragile qui s'efforçait de cacher ses blessures. Ça m'a bouleversé. Alors je l'ai attirée contre moi et je l'ai prise dans mes bras. Je l'ai bercée en lui caressant les cheveux, comme on berce un petit enfant malade. Elle a pleuré doucement. Tu nous a regardés, vaguement inquiet, puis tu as posé ta tête sur ses genoux. On est restés comme ça un moment tous les trois, sans bouger, sans parler. Mon cœur battait fort. Je n'avais jamais tenu une fille contre moi aussi longtemps. Ni de cette façon. Je ressentais quelque chose de curieux, un léger picotement à la surface de la peau. Je me rappelle que je n'arrêtais pas de penser : « Marie... Un jour, elle aussi je la serrerai contre moi, je la rassurerai, la réchaufferai quand elle aura froid, la consolerai si elle a mal... Elle saura que je serai toujours là pour elle... Marie... »

Cynthia s'est redressée et je me suis senti rougir. Elle s'est levée, a farfouillé dans son sac, puis elle s'est mouchée bruyamment et elle m'a dit dans un sourire :

– Tu nous joues un peu de musique ?

16

Je finissais par me demander à qui Dylan n'avait jamais fait de mal. À ses copains, peut-être. Et encore, ce n'était pas sûr. Ils se traitaient toute la journée de « bâtard » et de « fils de p... » Étrange conception de l'amitié. En tout cas, ce type était vraiment malfaisant. Et le pire, c'est qu'il arrivait parfaitement à faire ses coups en douce. Au collège, compte tenu de ses antécédents, les profs et les gens de la Vie scolaire savaient pertinemment à qui ils avaient affaire. Ils auraient dû l'avoir à l'œil. Mais les seules fois où les adultes intervenaient, c'était lorsque Dylan répondait à un prof ou insultait un surveillant. Il se prenait des heures de colle qu'il ne faisait généralement pas. Elles étaient doublées, il ne les faisait pas davantage. Mots dans le carnet, avertissements, coups de téléphone à sa famille, rien n'y faisait. Ses parents ne venaient ni aux réunions parents-enseignants ni aux rendez-vous que leur fixait le professeur principal. Il ne se passait pas de semaine sans qu'un prof lui mette un mot ou fasse un rapport, mais Dylan s'en fichait. Pour les mots, il avait trouvé la parade : dès la fin septembre, il avait déclaré avoir perdu son carnet. On lui en avait fourni un autre. Il était donc en possession de deux carnets. L'un qu'il présentait aux profs chaque fois qu'ils voulaient lui mettre un mot, et l'autre dans lequel il notait les informations diverses et qu'il faisait signer à ses parents, vierge de toute remontrance. Quant au courrier que l'établissement adressait à sa famille, bulletins scolaires, copies des rapports, avertissements ou autres, il les subtilisait régulièrement dans la boîte aux lettres. Dylan ne se gênait pas pour s'en vanter devant les autres élèves, certain que personne n'aurait le cran d'aller le dénoncer.

Quand il ne s'occupait pas de moi, il poursuivait son entreprise de séduction auprès de Marie et ça me rendait malade. Dans les cours où les profs nous laissaient nous placer librement, il se mettait systématiquement derrière elle. Il lui empruntait sans arrêt ses affaires, prétextant un stylo oublié, un cours à rattraper, un devoir à noter... Avec elle, il n'était jamais grossier et faisait même semblant d'avoir des velléités de travailler. À plusieurs reprises, j'ai vu Marie l'aider à faire un exercice ou lui expliquer un cours en permanence, tandis que lui, collé à elle, faisait semblant de l'écouter. Je ne pouvais pas m'empêcher de les regarder et immanquablement, à un moment ou à un autre, Dylan se tournait vers moi et m'adressait un petit clin d'œil victorieux. J'avais envie de hurler.

Avec moi, il ne relâchait pas la pression. Dès qu'un prof posait une question en cours, il braillait :

– Demandez à Pipeau, m'sieur ! Il connaît la réponse, mais il est timide !

Quand je passais au tableau, il m'« encourageait » :

– T'inquiète pas, ça va aller, je vais te souffler les réponses. Pourquoi t'es tout rouge comme ça ? T'as chaud ? M'sieur, m'sieur, j'peux ouvrir la fenêtre ? Y a Pipeau qui se sent mal ! J'peux l'accompagner à l'infirmerie, m'sieur ?

Évidemment, il y avait toujours un certain nombre de blaireaux qui trouvaient ça drôle. Quant aux profs, ils se contentaient de lui dire de se taire. En attendant, c'était moi qui passais pour un bouffon. La seule qui semblait s'en être rendu compte, c'était madame Dumas, la prof de français. Un jour, à la fin de son cours, elle nous a demandé de rester, Dylan et moi. Elle avait à nous parler. On s'est donc retrouvés tous les deux devant son bureau, pareils à deux mômes qui s'apprêtent à se faire passer un savon. Dylan m'a balancé un regard suspicieux. J'aurais donné cher pour être ailleurs. La prof a pris le temps d'effacer le tableau et de ranger ses affaires, puis elle s'est adressée à mon ennemi juré.

– Dylan, il m'a semblé t'entendre à plusieurs reprises te moquer de ton camarade Nicolas ou lui faire des remarques désagréables. Tu me connais assez pour savoir que je n'apprécie pas du tout ce genre de choses. Alors tu vas cesser ce petit jeu immédiatement.

Il a aussitôt essayé de monter sur ses grands chevaux, sa tactique favorite.

– J'ai fait quoi ? J'ai fait quoi, m'dame ?

– Tu sais parfaitement de quoi je parle. On appelle ça du *harcèlement moral*. Ça te dit quelque chose, je crois...

Dylan s'est tourné vers moi, dansant d'un pied sur l'autre.

– Dis-le, que je te harcèle !

Je me suis tu, bien évidemment. La prof ne me quittait pas des yeux, essayant de sonder l'expression de mon visage. J'aurais pu tout balancer, là, sans plus attendre. Avec tout ce que j'avais subi, j'en avais déjà suffisamment gros sur la patate. Pendant une fraction de seconde, j'ai hésité. Et puis je me suis souvenu de Sam et de son petit frère. J'ai pensé à toi, Rudy. Tu vois comme c'est bête, la vie. Je ne pensais qu'à une chose : te protéger avant tout. Je savais qu'un jour ou l'autre je me battrais avec Dylan. Il me démolirait probablement. Ça m'était égal. Mais je ne supportais pas l'idée qu'il puisse te faire du mal. Alors j'ai décidé de me taire.

– Tu es sûr que tu n'as rien à dire, Nicolas ? m'a demandé la prof.

Je me suis contenté de hocher la tête.

– Comme tu voudras.

Puis, à Dylan :

– Quoi qu'il en soit, dorénavant je ne tolérerai plus la moindre remarque, plus la moindre plaisanterie douteuse de ta part à l'encontre de Nicolas ou de qui que ce soit d'autre. Tu m'as bien comprise ?

Dylan regardait en l'air, visiblement pressé d'en finir.

– ...

– Regarde-moi quand je te parle !

– Oh ! là, là ! c'est bon...

– Tu me parles sur un autre ton ! Ce sera bon quand *je* le dirai ! Alors tu me réponds, s'il te plaît. Tu laisses Nicolas tranquille, un point c'est tout. Tu m'as bien comprise ou il faut que je te téléphone tous les soirs pour te le rappeler ?

Dylan a marmonné, les yeux fixés sur ses chaussures :

– Compris...

– Bien ! Vous descendez en récréation.

J'ai poussé un soupir de soulagement. Je crois que j'étais encore plus mal à l'aise que Dylan. On a filé sans demander notre reste. Une fois dans le couloir, cette vermine m'a soufflé :

– Tu vas me le payer, espèce de sale petite balance !

– Mais... j'ai rien dit !

– C'est ça, je vais te croire !...

– ...

– Ne traînez pas dans les couloirs ! nous a lancé la prof en fermant sa porte.

Alors Dylan a accroché sur sa face son sale sourire de faux-jeton, puis, attrapant ma main, il a déclaré bien fort :

– C'était pour rire ! T'es mon pote, toi !

Il m'a serré la main à la broyer. Je me suis mordu l'intérieur des joues pour ne pas crier. En passant près de nous, madame Dumas m'a adressé un petit sourire d'encouragement. La pauvre ! Elle croyait m'aider. Elle ne se doutait pas qu'elle venait au contraire d'aggraver ma situation.

Pendant dix jours, je n'ai pas pu jouer de la flûte.

17

Au début de la première semaine de vacances, j'ai vu Sam et Cynthia. On s'est fait un après-midi shopping de dernière minute deux jours avant Noël. L'enfer ! Le centre commercial grouillait de monde. Des gens pressés, énervés, les bras chargés de cadeaux, traînant après eux des flopées de mômes braillards. J'avais déjà tout ce qu'il me fallait. Il manquait à Sam un cadeau pour sa mère et il comptait sur nous pour trouver une idée géniale. Quant à Cynthia, elle n'avait encore rien acheté et répétait sans arrêt qu'elle détestait Noël et qu'au lieu de supprimer le lundi de Pentecôte les pouvoirs publics feraient mieux de s'attaquer à cette calamité qui donnait lieu à une débauche de consommation. Je les suivais de boutique en boutique, émerveillé par cette succession de vitrines colorées et scintillantes, de rues enguirlandées où résonnaient de joyeux refrains carillonnants. Je pensais aux Noël de mon enfance, lorsque Papa était encore avec nous...

– Allô, y a quelqu'un ? a fait Cynthia en passant sa main devant mes yeux. À quoi tu penses ?

– ... Au Père Noël. C'est Francis qui m'a dit qu'il n'existait pas. Pourquoi il a fait ça ?

– Pour t'éviter de passer pour un blaireau à l'école. Bon, les gars, je me les gèle. On se fait une petite pause chocolat chaud ?

– Bonne idée. Vous n'avez pas un petit creux, vous ? a fait Sam.

On est entrés dans une cafétéria d'où s'échappaient d'écœurantes odeurs de viennoiserie. Et là, mon cœur a cogné comme un coup de gong. Assise à une petite table ronde en face d'une dame aux cheveux gris, Marie réchauffait ses mains autour d'une tasse de thé fumant.

– Tiens ! Salut, Marie ! a braillé Sam.

– Chhhh... j'ai fait. Laisse-la tranquille, tu vois pas qu'elle est occupée ?

– C'est qui la vieille ? Tu crois que c'est sa grand-mère ? a demandé Cynthia.

– Mais ça va pas de parler si fort !...

J'aurais voulu disparaître.

– Oh, relax ! T'as vu le boucan qu'il y a là-dedans ?

Marie et la dame se sont levées pour partir. Sam s'est précipité.

– Bonjour ! Ça ne vous dérange pas qu'on prenne votre table ?

– Puisqu'elles s'en vont, banane ! a dit Cynthia.

– Bonjour, madame... j'ai dit bêtement.

Marie a souri. Ses joues sont devenues roses et mon

cœur s'est liquéfié à la vitesse d'un glaçon tombé dans une tasse de thé bouillant.

– Des amis à toi ? a demandé la femme aux cheveux gris.

– On est dans la même classe... Salut, ça va ? Vous faites vos courses de Noël ?

– T'as raison ! Quelle galère ! Si y avait pas tous ces blaireaux !... a pesté Cynthia.

Je lui ai donné un coup de coude dans les côtes. Si la femme aux cheveux gris était vraiment la grand-mère de Marie, j'aurais préféré qu'on ait l'air de gentils camarades bien élevés... C'était mal parti.

– Aïe ! a beuglé Cynthia.

– Pardon ! J'ai pas fait exprès...

– Je prends votre commande ? nous a lancé une serveuse géante à la carrure de déménageur.

– Bon, on va y aller... a dit doucement Marie.

Sam s'est écarté pour les laisser passer. La dame nous a souhaité un bon après-midi et un joyeux Noël. On a répondu tous les trois en chœur :

– Joyeux Noël à vous aussi !

Marie a pouffé. En passant à côté de moi, elle a ralenti et a plongé ses yeux dans les miens.

– N'oublie pas de travailler ta flûte pendant les vacances. Un jour, il faudra que tu passes nous voir. Oma adore la musique.

– Oma ?...

– Ah ! c'est vous le musicien ? a dit la dame aux cheveux gris.

– Alors je la prends, cette commande ? a rugi le déménageur.

– On vous laisse ! a dit Oma en poussant Marie devant elle. Mais promettez de venir nous voir, jeune homme !

J'ai hoché la tête, les joues en feu, et je les ai regardées s'éloigner.

– Un chocolat, un thé au lait, deux croissants. Et pour vous, ce sera... ?

– Heu... ce que vous voulez !

La serveuse géante a haussé les épaules.

– Vous croyez que j'ai que ça à faire, choisir à la place des clients !

Elle me dominait de toute sa hauteur, et maintenant que j'étais assis, j'avais l'impression qu'elle pourrait m'écrabouiller du plat de la main.

– Heu... un chocolat chaud, ce sera très bien...

Elle a tourné les talons en grommelant.

– Tout de même, on y arrive...

– Ouf ! J'ai la dalle ! s'est exclamé Sam.

La tête entre les mains, Cynthia me fixait avec un drôle de petit sourire. Au bout d'un moment, elle a lâché :

– En tout cas, il y en a un qui a l'air d'avoir la cote...

– Qui cha ?... a demandé Sam en mordant dans son croissant.

– Môssieur le flûtiste. La vieille l'a carrément invité !

– Ne parle pas comme ça... Et puis d'abord, elle n'est pas si vieille...

– Oh non ! Elle a juste au moins soixante ans ! s'est esclaffée Cynthia.

J'ai secoué la tête. Elle devenait énervante. J'ai préféré me taire, je risquais de devenir désagréable.

– Apparemment, Marie lui a parlé de toi ! a poursuivi Cynthia.

J'ai eu un soupir d'agacement.

– Oui. Et après ?

– Rien, rien... Les dames, ça aime la musique, c'est bien connu...

– J'ai trouvé ! s'est brusquement écrié Sam en se dressant d'un bond.

Cynthia a sursauté.

– Ça va pas ! T'es malade ?

– T'as trouvé quoi ?

– Une idée de cadeau ! Pour ma mère !

Il avait l'air tout ragaillardi d'un seul coup. On l'a regardé, dubitatifs.

– Ah oui ?...

– Un disque de musique classique !... Avec de la flûte !

Ce soir-là, je suis rentré crevé, mais heureux. Heureux comme je ne l'avais pas été depuis longtemps. Marie avait parlé de moi... Marie pensait à moi... Marie m'avait regardé si intensément... Et s'il y avait une chance pour que...

Je me suis jeté sur mon lit et j'ai regardé le plafond en souriant pendant au moins une heure. Tu as fini par venir me tirer par la manche pour que je vienne jouer avec toi. On a fait les fous. J'avais envie de rire, de rire !...

Le lendemain, je me suis levé à sept heures, en pleine forme. J'ai pris ma flûte. J'étais prêt à jouer jusqu'à midi ! Au bout d'un quart d'heure, je l'ai balancée rageusement dans son étui, la main crispée par la douleur, les yeux brouillés par des larmes de rage. Salopard de Dylan ! Il me le paierait...

Je me suis rendormi.

Jusqu'à midi.

18

Un matin, je me suis réveillé avec la conviction qu'il fallait que je dise tout à Francis. Après tout, depuis qu'il vivait avec ma mère, il avait toujours été plutôt sympa avec moi. En sept ans, on avait eu le temps de s'apprivoiser mutuellement, et même si je n'appréciais pas certains aspects de sa personnalité, je savais qu'il me vouait une affection sincère et il me semblait que je pourrais compter sur lui en cas de coup dur. Ce qui me faisait hésiter, c'est qu'on n'avait jamais eu l'occasion de parler tous les deux. Je veux dire parler de choses graves, importantes. Avoir une vraie discussion, quoi. Avec lui, ça se limitait souvent à : « Tu vas bien ? Tu as faim ? Soif ? Chaud ? Froid ? Sommeil ? Et l'école, ça marche ? » Ajoute à cela les bribes de conversation nécessaires pour régler l'organisation matérielle de la vie de tous les jours quand on habite sous le même toit, et basta. Ça faisait tout de même un peu bref. Mais je me suis dit qu'il était peut-être temps pour nous de passer à un autre type de rapports et que ce qui m'arrivait au collège pouvait en être l'occasion. Le plus dur serait de commencer. J'attendais le moment propice.

On s'est retrouvés aux derniers jours des vacances de Noël avant d'avoir eu le temps de réaliser que huit semaines s'étaient écoulées. On s'était installés tous les quatre tant bien que mal dans l'appartement d'un autre, rangeant nos affaires (juste le minimum nécessaire) dans les meubles d'un autre. Pendant ce temps, nos meubles à nous, et presque tout ce qu'il y avait dans la maison avant, attendaient bien sagement dans un hangar. Un garde-meubles, ça s'appelle. Je ne sais pas pourquoi, je trouvais ce mot sinistre. Ça me faisait penser à *garde-malade*. Je me disais que nos affaires auraient forcément une sale odeur de renfermé le jour où on les récupérerait enfin. Le jour où aurait lieu le « vrai » déménagement, comme disait Mum. Quand Francis « se serait refait ». Et qu'on pourrait reprendre une maison. Avec un jardin...

Je ne savais pas pourquoi, j'avais du mal à les croire.

Mum disait qu'on en avait pour un an, que ça passerait vite.

Je la trouvais fatiguée. Elle partait de plus en plus tôt le matin et rentrait de plus en plus tard le soir.

– J'ai pris quelques heures sup'. Ça mettra du beurre dans les épinards...

Francis semblait content de son boulot, mais il disait qu'il avait « un taf de folie » et, quand il rentrait le soir, il s'installait direct devant la télé pour se « vider la tête ». Mum et lui se croisaient aux heures des repas. On mangeait en regardant le journal télévisé. Souvent, c'était moi qui préparais le dîner. Mum m'appelait vers sept heures et demie.

– Nico, chéri, tu peux mettre une pizza surgelée au four et faire une petite sauce pour la salade ? Je suis là dans vingt minutes.

Elle arrivait un quart d'heure avant Francis, se douchait en vitesse et enfilait un peignoir, se posait trente secondes dans le canapé, disait :

– Je suis claquée. Ça va, toi ? Ta journée ? Et Rudy ?

On allait toujours bien. Elle avait assez de soucis comme ça. Elle ne me disait rien, mais je sentais qu'elle n'était pas vraiment tranquille. Je la voyais bien compter sans arrêt, surveiller la moindre dépense, ouvrir avec anxiété les enveloppes qui contenaient des factures. Alors je ne disais pas que j'avais besoin de nouvelles chaussures. Ni que mes jeans étaient devenus trop courts et que les manches de mes pulls s'arrêtaient à dix centimètres de mes poignets. Ça pouvait attendre.

Je me rendais compte que l'achat du sweat blanc avait déjà dû lui coûter beaucoup plus qu'elle ne l'avait laissé paraître. Il n'était pas question de lui réclamer autre chose. D'autant plus qu'elle continuait à me donner de l'argent de poche comme avant. Alors je rusais : le soir quand elle rentrait, ainsi que le week-end, je me mettais en jogging. Elle râlait parce qu'elle trouvait ça moche, je répondais que c'était confortable. Le tour était joué. Enfin, ça en avait tout l'air.

De toute façon, depuis qu'on habitait ici, on faisait tous semblant.

Semblant d'être contents d'être là. Semblant de n'avoir besoin de rien.

Mais je voyais bien que Mum et Francis se parlaient de moins en moins. Je sentais s'installer entre eux quelque chose de pesant dont j'ignorais l'origine.

Sûrement des histoires d'adultes. Heureusement que je t'avais, Rudy. Le soir, tu grimpais sur mon lit, je te faisais de la place en remontant mes genoux. Je te racontais ma journée. Et puis on passait la chambre en revue et on critiquait tout : les meubles Conforama spécial troisième âge, le papier peint bleu turquoise qui jurait avec la moquette mauve, les rideaux à fleurs, le couvre-lit en peau d'ours... On se disait que ce Pascal avait décidément un goût de chiotte ! Ça nous faisait marrer. On se remonte le moral comme on peut, pas vrai, mon vieux Rudy ? T'en sais quelque chose.

Et puis, un soir, on les a entendus se disputer, et bien que ça ne soit pas joli-joli, on a tendu l'oreille pour écouter ce qu'ils disaient. Mum reprochait à Francis de ne pas savoir gérer un budget, de s'être mis dans les dettes jusqu'au cou. Il répondait qu'il était en train de remonter la pente, qu'il fallait qu'elle lui laisse du temps. Elle a rétorqué que ça faisait cinq ans qu'elle attendait et que c'était amplement suffisant. Il s'est énervé, elle s'est mise à pleurer et elle est partie se coucher. Lui, il s'est collé devant la télé.

Ça s'est reproduit plusieurs fois.

J'ai pris l'habitude de m'endormir avec mon Walkman.

Le soir de Noël, Mum m'avait offert de nouvelles partitions. J'étais rudement content. Francis m'avait acheté une paire de rollers. C'était sympa. Je n'ai pas osé lui dire qu'ils étaient trop petits.

Il régnait une drôle d'ambiance à la maison. On avait l'impression que tout le monde retenait son souffle. Le Jour de l'An a été sinistre. Mum a refusé d'aller chez Bob, le frère de Francis, sous prétexte qu'il habitait loin et qu'elle était crevée. Les deux années précédentes, on avait fait le réveillon tous ensemble, avec sa femme et leurs deux fils, c'était plutôt chouette.

Pour la première fois, on l'a bâclé. J'avais l'impression que c'était plus une corvée qu'autre chose. Ils ont mangé leurs huîtres, moi, mon saumon. Toi, tu attendais le dessert. À minuit, on s'est souhaité une bonne année. J'avais tellement le cafard que je t'ai emmené faire un petit tour. Il faisait un beau froid sec. Le ciel était plein d'étoiles.

Heureusement, ce soir-là, ils ne se sont pas disputés.

Comme tous les soirs précédents, je me suis couché en me disant : « Demain, je lui parlerai... »

La fin des vacances est arrivée et je n'avais toujours pas parlé à Francis.

Encore moins à Mum. Lui, il était décidément trop occupé, et elle, elle avait bien assez de tracas comme ça. Je me suis dit que de toute façon c'était un peu ridicule à mon âge de compter sur les gros muscles de mon beau-père pour régler mes problèmes.

Que je ne pourrais pas faire ça toute ma vie.

Qu'il fallait que j'apprenne à m'en sortir tout seul.
Que j'allais finir par trouver un moyen.
Forcément.

19

Il y a des moments dans la vie où tout se combine pour que les choses empirent au lieu de s'améliorer.

À la fin du mois de janvier, les relations entre Mum et Francis ont commencé à se dégrader sérieusement. Dès qu'ils étaient ensemble à la maison, au bout d'un quart d'heure ils s'engueulaient. Et quand ils ne se bouffaient pas le nez, ils se tiraient la tronche. Ça devenait vraiment lourd ! À force, ils faisaient de moins en moins attention à ce qu'ils disaient devant moi et j'ai compris qu'ils se disputaient pour des histoires d'argent. Notre situation financière était inquiétante et, apparemment, ce n'était pas la faute de Mum, qui en avait « ras le bol des belles promesses » et menaçait de se « tirer un de ces quatre »... Tu te souviens, Rudy ? Le soir où on a entendu ça, on s'est enfermés tous les deux dans notre chambre et on a mis la musique à fond. On s'est assis sur le tapis, le dos contre le lit, je t'ai serré contre moi et je t'ai dit dans l'oreille :

– Tu crois qu'elle serait cap' ?...

Tu as soupiré et tu as penché la tête sur le côté. Je savais bien ce que tu pensais, alors je l'ai dit à ta place :

– Et nous ?...

Elle nous emmènerait forcément avec elle... Il y a des jours où j'avais vraiment envie de partir d'ici. Qu'on se retrouve quelque part au calme tous les trois, sans Francis, sans cris, sans problèmes. Loin du collège et de cet abruti de Dylan. Génial !

Oui... mais ça voulait dire aussi loin de Sam et de Cynthia, et surtout... loin de Marie. Rien que d'y penser, je sentais une lame effilée m'ouvrir le ventre.

Non. Pas question. Que Mum et Francis règlent leurs problèmes. Nous, on ne bougerait pas d'ici.

Un samedi, ça a vraiment bardé. Mum venait de se rendre compte que Francis n'avait pas payé la dernière facture d'électricité et qu'il n'avait même pas ouvert le courrier de rappel. Elle avait dû régulariser dans l'urgence et il s'en était fallu de peu qu'on se retrouve dans le noir, compteur coupé.

Ce n'était pas tout. Depuis quelque temps, Francis ne rentrait plus directement après le boulot. Il allait au café « avec des potes ». Il revenait de plus en plus tard, rouge, transpirant, agressif. Ce samedi-là, quand Mum lui est tombée dessus pour l'histoire de la facture EDF, il sentait le pastis à trois mètres. Il est parti en vrille dès qu'elle a commencé à parler, et ils se sont mis tous les deux à hurler. J'essayais péniblement de finir un devoir de maths à rendre le lundi, j'en ai eu brusquement ma claque, je suis sorti de la chambre furax, prêt à les engueuler tous les deux. Au moment où j'entrais dans le salon, la main de Francis s'est abattue sur la joue de Mum. Je suis resté pétrifié sur le seuil. Mon beau-père est parti en claquant la porte. J'ai pris Mum dans mes bras en murmurant :

– Le salaud !... Je ne veux plus qu'il refoute les pieds ici !

Je tremblais de rage. Mum a essayé de me calmer en me disant que c'était la première fois. Qu'il avait trop bu. Qu'elle avait été un peu dure avec lui. Que les choses allaient s'arranger... On a dîné en silence. Mum est allée se coucher tôt. Moi, j'ai fini tant bien que mal mon devoir de maths. Vers une heure, j'ai entendu Francis rentrer. Le lendemain, il était déjà parti quand on s'est levés. Il avait laissé un mot disant qu'il allait prendre l'air chez un pote à la campagne, qu'il y resterait sans doute quelques jours, que ça nous ferait du bien à tous. Mum a téléphoné à une de ses copines. Je l'ai entendue chuchoter dans le combiné après avoir fermé la porte de sa chambre. Ensuite elle m'a demandé si ça ne m'embêtait pas trop qu'elle aille au ciné avec son amie.

– Ça te changera les idées, j'ai dit. De toute façon, j'ai du travail.

C'était faux. J'avais terminé tous mes devoirs de la semaine. J'avais envie d'être seul. Enfin, juste avec toi,

Rudy. Dès qu'elle a été partie, j'ai foncé dans leur piaule et j'ai fait un truc que j'avais jamais fait avant : j'ai fouillé. Je sais, c'est moche. Pas dans les affaires de Mum. Non. Dans les siennes, à lui. À cet enfoiré qui avait osé lever la main sur ma mère.

Je ne cherchais rien de précis. J'espérais juste découvrir quelque chose d'assez compromettant pour qu'elle le foute à la porte pour toujours.

C'est comme ça que je suis tombé sur la clé.

Ou plutôt, sur *les clés*.

Une de taille normale, en métal gris, et une plus petite, dorée.

Elles pendaient toutes les deux à un porte-clés orné d'un morceau de cuir sur lequel était gravé « Pascal ».

Une étiquette de carton froissé était accrochée à la petite clé dorée. Une écriture hâtive y avait griffonné « Secret ».

On s'est regardés sans rien dire. Je crois que tu as compris à la même seconde que moi.

– Nous y voilà... Le cabinet de Barbe-Bleue...

On s'est retrouvés devant la porte de la pièce interdite. J'ai glissé la clé grise dans la serrure et j'ai tourné. C'était la bonne.

On a retenu notre souffle. Tu m'as fait un signe du menton, et on est entrés.

Ça sentait le renfermé et j'ai dû allumer la lumière, car le volet roulant était descendu. On pouvait à peine faire un pas dans la pièce tant elle contenait de choses entassées. Cartons, malles, boîtes d'archives, dossiers entreposés à la va-vite, valises mal refermées d'où pendaient une manche de chemise ou une écharpe... Au fond de la pièce, un meuble sombre disparaissait à moitié derrière une pile de cartons.

– Plutôt bordélique, l'ami Pascal...

Tu as approuvé d'un soupir qui en disait long.

J'ai commencé à soulever une planche qui recouvrait un carton mal fermé. Il ne contenait que des objets exotiques, visiblement des souvenirs de voyage. Vases, masques africains, statuettes de bois..., j'ai fourragé dans le carton sans rien découvrir de bien passionnant. J'étais néanmoins tout excité. J'avais l'impression de me retrouver tout à coup au cœur d'une de ces histoires que j'aimais tant gamin, où le héros cherche un trésor caché et où on le sent tout près du but... Tout en fouillant, je réfléchissais. On avait eu raison dès le début. Ce Pascal n'était pas net. Il avait quelque chose à cacher. Mais c'était tout de même étrange, ce mot « Secret » sur le bout de carton attaché à la petite clé. Ça ressemblait à un truc de gosse. Aucun adulte ne signalerait aussi clairement : « Au fait, les mecs, j'ai un secret, en voici la clé... » Non, ça ne collait pas. J'ai farfouillé encore quelques minutes dans cette fausse caverne d'Ali Baba. Et puis, finalement, l'idée a réussi à se frayer un chemin au milieu des limbes romanesques de mon cerveau de gamin attardé.

– Mais qu'est-ce que je suis con !

Je me suis redressé d'un bond et j'ai lâché la statuette que je tenais à la main. Toi, tu avais sans doute déjà compris : tu t'étais posté devant le meuble, au fond de la pièce, et tu le regardais fixement. J'ai enjambé les malles et les cartons afin de te rejoindre.

– Évidemment, triple buse ! Pas « Secret »... « Secrétaire » !!! C'est une abréviation !

J'ai inspecté le meuble et je n'ai pas tardé à dégotter un tiroir muni d'une serrure. La petite clé dorée l'a ouvert sans difficulté.

Le tiroir était profond. Sur le devant, il contenait de la paperasse sans intérêt. J'ai glissé la main à l'intérieur pour en explorer le fond. Elle est tombée sur quelque chose de lourd, enveloppé dans un chiffon.

– Les paris sont ouverts : antiquité dérobée dans un musée ? Statuette d'une très grande valeur ? Pain de résine de cannabis ?

J'ai posé l'objet sur mes genoux et j'ai doucement défait le chiffon. Et là, j'ai eu un coup au cœur. En l'espace de deux secondes, j'ai senti très nettement tout mon sang refluer vers mes pieds. Heureusement que je m'étais assis. Je suis resté un petit moment comme paralysé, n'osant plus bouger, le souffle court. Je m'attendais vraiment à tout sauf à ça.

– Merde !... Un flingue...

20

Voilà, Rudy. C'est aussi bête que ça. Un réflexe idiot. Sans doute une image vue cent fois à la télé. Je ne sais pas.

La porte d'entrée qui claque. Mum qui rentre. Sans réfléchir, je glisse le calibre dans la ceinture de mon jean, contre mon ventre, et je rabats mon pull. On sort précipitamment de la pièce, j'ai juste le temps de redonner un tour de clé et on fonce dans la cuisine. Vingt secondes chrono.

Mum est entrée en souriant.

– Un petit creux ?

Effort surhumain pour avoir l'air naturel.

– Heu... en fait, non. Je vais attendre le dîner. C'était bien, ton film ?

– Sympa. Je vais prendre un bain. Ça va, vous deux ?

– Cool.

– Le boulot ?

– Juste un tout petit truc à finir.

– Bien.

J'ai commencé à glisser vers la sortie. La masse métallique plaquée contre mon ventre faisait se contracter mes abdos. Une sueur glacée coulait par vagues entre mes omoplates. Dans ma cage thoracique, mon palpitant cognait comme un fou. Au moment où j'allais franchir le seuil de la cuisine, Mum a tendu le bras, me barrant le passage.

– Nico ?

– Hmmm ?...

– Tu es sûr que ça va ?

– J'suis O.K., Mum.

Elle a baissé les yeux. J'ai rentré le ventre, le trouillomètre en zone rouge.

– Je voulais te dire... Pour Francis, t'en fais pas, ça va aller. On traverse juste une mauvaise passe...

– C'est toi qui vois...

Elle a passé la main dans mes cheveux.

– Je ne voudrais pas que tout ça te perturbe...

J'ai lâché, à moitié en apnée :

– Je suis un grand garçon...

Elle m'a regardé au fond des yeux, comme si elle voulait sonder mon âme. J'ai dû faire un effort colossal pour ne pas détourner le regard.

– Je crois que Rudy a faim... Va prendre ton bain, je m'en occupe...

Elle a souri.

– On se fait un plateau-télé ce soir ?

– Ça marche !...

J'ai attendu d'être sûr qu'elle était dans la baignoire avant de sortir le flingue. Je l'ai planqué au fond de mon placard, sous mes vieilles baskets. Je tremblais tellement que j'ai dû m'asseoir sur mon lit et faire une dizaine de grandes respirations ventrales pour me calmer. C'est monsieur Jodèle qui nous a appris à faire ça quand on stresse trop. Il paraît que les artistes utilisent cette technique en cas de trac. Je ne dirais pas que ça a été efficace à cent pour cent. Disons que cela m'a juste permis de sauver les apparences ce soir-là.

On a regardé un film comique et je me suis couché presque tranquille.

Oui, presque.

Troisième cahier

21

Depuis une dizaine de jours, il y avait un nouveau prof d'anglais au collège. Il venait remplacer une collègue partie en congé de maternité jusqu'en juin. Notre classe ne l'avait pas, mais on connaissait déjà tous ce monsieur Michel. Pas très grand, large et massif, il ne passait jamais inaperçu dans les couloirs, sa voix de stentor rappelant systématiquement à l'ordre ceux qui « s'avisaient de faire les zouaves ». Il avait des mains comme des battoirs et le bruit courait qu'il n'hésitait pas à s'en servir. De fait, ses classes filaient doux. En une semaine, il s'était taillé une solide réputation et tout le bahut le désignait comme celui auquel il vaut mieux ne pas avoir affaire. Je l'avais vu de loin, dans la cour, et j'avais dû le croiser une ou deux fois dans les couloirs. Je trouvais qu'il avait une tête sympa. On racontait beaucoup de choses sur lui. Un peu tout et n'importe quoi. Ça ne m'intéressait pas vraiment.

C'est un jeudi après-midi que nos chemins se sont croisés. On appelle ça le hasard. Quand je pense à la façon dont les événements se sont ensuite enchaînés, je me dis que le hasard ne fait pas toujours bien les choses...

Oh, Rudy, c'est pour toi que je repasse tout le film à l'envers, mais si tu savais comme ça me fait mal !... Je voudrais pouvoir crier : « Stop ! Coupez ! On rembobine ! » Erreur de casting. Mauvais scénario. Quelques scènes à enlever et on pourrait peut-être sauver l'affaire...

Pourtant, dans le fond, je sais très bien que ce serait inutile. L'histoire aurait pris d'autres biais, elle aurait sans doute fait quelques détours, mais le film se serait plus ou moins terminé de la même façon. Alors tout ce que je peux faire, maintenant, c'est noircir des pages pour essayer de comprendre...

Le cours d'espagnol était tranquille ce jeudi-là. Dylan s'était fait exclure dès le début de l'heure et était parti tout seul en permanence, les deux surveillants étant débordés pour cause d'épidémie de grippe et de gastro-entérite. On était en train de faire un exercice de grammaire quand le prof s'est aperçu qu'il n'avait pas le cahier de textes de la classe.

– Qu'est-ce que vous avez eu comme cours juste avant ?

– Maths...

– Nicolas, tu veux bien aller me chercher le cahier ?

J'avais un étage à descendre et toute une aile du bâtiment à traverser. Petite balade en perspective. Ce n'était pas de refus. J'ai pris mon temps pour aller jusqu'à la salle de maths. Le cahier n'y était pas. Le prof l'avait oublié en salle des profs. Il m'a fait un mot pour que je puisse le récupérer là-bas, et je suis remonté au deuxième sans me presser. J'aimais bien l'atmosphère studieuse qui régnait dans les classes, le ronronnement de la voix des maîtres débitant leurs cours, le silence des couloirs que venaient égratigner de temps en temps le raclement d'une chaise, une quinte de toux ou un bref rappel à l'ordre. Je suis arrivé devant la salle des profs. Aucun bruit ne s'en échappait. Au moment où je m'apprêtais à toquer, la porte s'est ouverte à la volée, me dévoilant un spectacle qui m'a cloué sur place : Dylan, rouge comme un homard fraîchement ébouillanté, la tête penchée sur le côté, suivi de monsieur Michel, un bras levé pour maintenir fermement entre deux doigts l'oreille de *Dylan-ze-boss*...

Ah, pour une fois, il n'avait pas l'air fier, le caïd ! Il m'a balancé un regard assassin et c'est à ce moment-là que j'ai remarqué qu'il portait un seau rempli d'eau savonneuse, où flottait une éponge à surface grattante.

– Vous désirez, jeune homme ? m'a demandé monsieur Michel.

– Heu... le cahier de textes... J'ai un mot...

– Entrez et voyez ça avec ma charmante collègue.

Je suis resté dans l'entrebâillement de la porte, suivant des yeux l'incroyable duo qui a progressé cahin-caha jusqu'au pilier situé à l'angle du couloir.

– Allez, c'est le moment de prouver qu'on est un homme, un vrai ! On prend sa petite éponge, et on frotte !

– Z'avez pas le droit... a tenté piteusement Dylan.

– Hop, hop, hop ! Qu'est-ce que j'entends ? Mais c'est toi qui as eu l'idée, mon gars !

– Quoi ?...

– Quand on s'est rencontrés, tu étais en train de graver ce joli hiéroglyphe, n'est-ce pas ?

– ...

– Voyons... « NTM », ça veut bien dire « Nettoie Ta Merde », non ? Alors tu vas nettoyer, mon gars, et fissa ! Exécution !

Extraordinaire. C'était absolument extraordinaire.

Dylan s'est penché, a pris l'éponge, l'a essorée et a commencé à frotter mollement pour effacer son tag. À ses côtés, monsieur Michel l'« encourageait ».

– Pas mal, mais va falloir y mettre un peu plus d'huile de coude, sinon on n'est pas couchés ! Au fait, tu es au courant pour l'esclavage ?

– De quoi ?...

– Oui, on l'a aboli, tu le sais, non ? Alors tu n'imagines tout de même pas que le personnel de service de l'établissement est là pour nettoyer tes petites cochonneries...

– Moi non plus, j'suis pas votre esclave... a marmonné Dylan.

Monsieur Michel lui a tapoté l'épaule, faussement amical.

– J'ai remarqué qu'il y avait pas mal de crachats dans les escaliers, alors je serais toi, j'éviterais de me donner des idées... Allez, du nerf ! Ah, la vacherie ! Ils sont de bonne qualité, ces feutres, hein ? Vas-y, mon gars, tu vas l'avoir...

Inutile de dire que je buvais du petit-lait. La rage de Dylan était si palpable que je n'aurais pas été surpris de voir des éclairs traverser le couloir. Mais, à ses côtés, la force tranquille de monsieur Michel valait tous les paratonnerres. Sans compter que ce type-là avait très certainement une puissance de feu non négligeable, ce qui n'avait pas échappé à notre ami fraîchement reconverti dans l'entretien des parties communes... J'ai bien failli en oublier pourquoi j'étais là. Monsieur Michel me reluquait de temps en temps du coin de l'œil, visiblement pas mécontent d'avoir un témoin.

– Qu'est-ce qu'il veut, celui-là ? a brusquement beuglé la voix de la « charmante collègue » depuis la salle des profs.

Je lui ai tendu mon « laissez-passer ». Elle m'a collé le cahier de textes entre les mains et m'a gentiment poussé vers la sortie.

– Dépêchez-vous de retourner en cours !

– Tiens ! Vous êtes encore là, vous ? a fait malicieusement monsieur Michel.

J'étais obligé de passer devant eux pour regagner le cours d'espagnol. Dylan m'a fusillé du regard et, de sa main libre, il a rapidement passé l'ongle de son pouce sur toute la largeur de son cou. J'ai parfaitement capté le message.

Mais je m'en moquais. L'occasion était trop belle.

J'ai haussé les épaules et regardé ma montre.

Je disposais de suffisamment de temps pour informer mes petits camarades de la déchéance du grand caïd.

22

À la récréation de seize heures, tous ceux qui étaient présents au bahut étaient au courant : le père Michel avait maté Dylan. En retenue jusqu'à dix-huit heures, le futur ex-caïd n'avait pas reparu et les rumeurs allaient bon train. Soulagés d'être enfin vengés, beaucoup d'élèves ne se gênaient pas pour rigoler ouvertement. Soucieux, Sam était un des rares à ne pas participer à l'hilarité générale.

– Ben, fais pas cette tête !

– Ça sent mauvais, cette histoire, Nico...

– Qu'est-ce que tu racontes ? La roue tourne ! Il va se faire une raison. On ne peut pas gagner à tous les coups !

– Je connais Dylan. Ça se passera pas comme ça...

– Arrête de flipper, je te dis !

Moi, je jubilais. Pendant le cours d'espagnol, l'histoire avait fait le tour de la classe grâce à un système de correspondance très élaboré, baptisé « technique du petit mot ». Plié en quatre et projeté sur la table du destinataire, roulé dans un capuchon de stylo ou autour d'un bâton de colle, le « petit mot » est un accessoire très utile, que tous les collégiens connaissent et qui a fait ses preuves. Il m'a suffi d'en rédiger trois et d'en balancer un dans chaque rangée pour que le scoop du jour passe de main en main en moins d'un quart d'heure.

À la récréation, je ne me suis pas privé de fournir des précisions. Marie a été une des premières à venir me trouver. À ma grande surprise, la nouvelle a plutôt eu l'air de la réjouir. Elle a particulièrement apprécié la traduction « michélienne » du fameux « NTM ». Je me suis vite retrouvé entouré d'un petit groupe avide de détails croustillants. Il me suffisait d'ouvrir la bouche pour déclencher des « ah ! », des « oh ! » et des éclats de rire. C'était la première fois que ça m'arrivait et je trouvais ça plutôt agréable, ma foi.

– C'est bien fait pour sa gueule, à ce connard ! a dit Cynthia.

– Il faut reconnaître qu'il l'a bien cherché, a ajouté Marie en me souriant.

J'ai repris espoir. Elle n'était donc pas totalement sous le charme du « boss ».

Le lendemain, on a appris que Dylan était viré une semaine pour dégradation volontaire de matériel et insolence. En rentrant du bahut à dix-sept heures, j'ai fait le chemin avec Cynthia. Je lui ai parlé des inquiétudes de Sam.

– Toi qui connais Dylan depuis longtemps, qu'est-ce que tu en penses ?

– Hmmm... il sait que Michel l'a à l'œil et, à mon avis, ce type-là ne rigole pas. Mais bon... fais gaffe à toi quand même. Il va forcément chercher à t'emmerder. N'oublie pas que tu es le seul témoin de l'affaire. C'est grâce à toi qu'il va se taper l'affiche.

J'ai ricané.

– C'est pour ça que je ne me suis pas gêné pour tout balancer. De toute façon, j'étais là où il fallait pas au mauvais moment. Que j'aie parlé ou pas, je suis mort !

– Et ça te fait rire ?

– Je ne vais pas me mettre à pleurer ! Qu'est-ce que tu veux que j'y fasse ? C'est trop tard !

Je ne croyais pas si bien dire.

Je fanfaronnais devant Cynthia, mais, en réalité, je savais qu'il y avait une forte probabilité pour que je passe un mauvais quart d'heure dans les jours qui allaient suivre. J'en avais pris mon parti. En attendant, j'avais décidé de profiter de ce retournement de situation imprévu. Il suffisait d'écouter un peu les conversations dans les couloirs du collège pour s'apercevoir que « Dylan le caïd » avait laissé la place à « Monsieur Propre », « Scotch-Brite », ou « Pince-Oreille ». Lui qui aimait tellement donner des surnoms désobligeants, il allait adorer... L'heure de la vengeance de Pipeau avait sonné, et le plus beau, c'est que je n'avais rien à faire.

Je me contentais de regarder et d'écouter, et je jubilais. Il y avait même longtemps que je ne m'étais pas senti aussi joyeux.

Pour couronner le tout, un mystérieux « petit mot » a atterri sur ma table en cours de français. Je l'ai déplié discrétos.

« Peux-tu passer chez moi mercredi vers 17 heures ? Oma aimerait t'écouter jouer. Marie. »

Je me suis demandé si je n'étais pas en train d'halluciner. Je me suis retourné lentement et j'ai cherché Marie du regard. Elle était tournée vers moi, guettant visiblement ma réaction. J'ai hoché lentement la tête en signe d'assentiment. Elle m'a fait le plus joli des sourires.

À l'interclasse, elle est passée près de moi et m'a glissé d'un ton léger :

– 24, rue des Fleurs...

Puis elle a rejoint Julie en riant.

Je me suis dit que la vie était incroyablement belle.

23

C'est la dame aux cheveux gris qui m'a ouvert.

– Ah ! Entrez, jeune homme, nous vous attendions.

Inutile de te dire à quel point j'étais intimidé. J'ai suivi Oma jusqu'au salon, une grande pièce ensoleillée au milieu de laquelle trônait... un piano ! Un superbe demi-queue en laqué noir. Presque un instrument de concert. À part dans les vitrines des magasins, je n'en avais jamais vu d'aussi près.

– Je vous en prie, asseyez-vous, m'a dit Oma en me désignant un canapé au tissu fleuri. Marie ne va pas tarder.

J'ai posé un quart de fesse sur le sofa. Je ne savais pas quoi dire. J'étais comme hypnotisé. Tout était si beau, ici ! Les meubles de style irlandais au bois doré comme du miel, les rideaux de cotonnade légère, savamment plissés à l'horizontale, comme dans les intérieurs anglais. J'avais l'impression d'être loin, loin !

– Ainsi, vous jouez de la flûte depuis plusieurs années ?

J'ai eu un petit sursaut.

– Heu... oui. Huit ans...

– Bien. Vous souhaitez devenir professionnel ?

– Pardon ?

– Est-ce que vous envisagez d'en faire votre métier ?

– Non ! Enfin, je... C'est-à-dire... je n'y ai jamais pensé...

La dame a plongé son regard dans le mien. Elle avait de grands yeux noisette, très brillants. J'ai réalisé qu'elle avait dû être très belle. Et que Marie lui ressemblait beaucoup.

– Répondez-moi franchement. Vous serait-il possible de vivre sans la musique ?

J'ai répondu sans hésiter.

– Non ! Bien sûr que non.

– Bien.

Je ne saisissais pas bien le sens de cet interrogatoire. Je me demandais où était Marie, pourquoi elle n'arrivait pas.

– Accepteriez-vous de me jouer quelque chose, Nicolas ? Vous vous appelez bien Nicolas ?

– Oui !

Elle a souri. Elle m'avait piégé. J'ai sorti ma flûte de son étui. Mes doigts tremblaient un peu. Oma s'est levée.

– Je vous laisse une minute. Je vais faire du thé.

Elle est passée dans la cuisine, et je l'ai entendue remplir une bouilloire et sortir des tasses. J'ai commencé à jouer, tranquillement. Tout d'abord quelques petits exercices d'échauffement. Le temps de calmer mon palpitant. J'ai jeté un coup d'œil vers la cuisine. Oma semblait avoir oublié ma présence. Elle farfouillait dans un placard en marmonnant : « Mais où a-t-elle rangé le thé ? » Mes doigts ont pris de l'assurance, ma respiration s'est ralentie. J'ai enchaîné avec l'un des morceaux que je maîtrisais le mieux. Et une fois de plus, la magie a opéré. J'étais lancé. Je me suis levé et je suis allé m'appuyer au piano. Mes reins nichés dans la courbe de son flanc, j'ai laissé mon corps se balancer d'avant en arrière, doucement d'abord, puis de plus en plus fort. J'ai fermé les yeux pour mieux sentir les picotements qui naissaient au creux de mon ventre. J'étais bien. Léger. Heureux.

Soudain, j'ai senti le bois du piano vibrer contre mon dos. Trois accords ont résonné, immédiatement suivis d'un arpège dont les notes ont grimpé dans les aigus, poursuivant celles de ma flûte. Descente en flèche dans les graves, petit saut, esquive, et remontée en échappée libre. Le piano suivait toujours. J'ai senti ma poitrine se gonfler de joie. Cache-cache endiablé, course-poursuite effrénée, les deux instruments s'en donnaient à cœur joie. Je me suis tourné lentement vers le clavier. Les joues roses, le regard enfiévré, Marie laissait courir ses mains sur les touches avec fougue. Elle était donc pianiste et ne me l'avait jamais dit ! De surprise, j'en ai loupé une note, je me suis rattrapé comme j'ai pu, mimant une dégringolade par une suite de notes descendantes pour le moins chaotique. Marie a pouffé. J'ai réussi à me retenir trois secondes, et j'ai éclaté de rire.

– Désolé !... ai-je dit à Oma.

Elle a eu un petit sourire ironique et m'a tendu une tasse fumante.

– Un peu de thé ?

– Je veux bien... Merci.

– Alors ? l'a interrogée Marie, les yeux brillants.

– Sucre, Nicolas ?

– Heu... non merci !

– Oma ! a trépigné Marie.

Sa grand-mère a pris le temps de remplir tranquillement deux autres tasses avant de répondre.

– Pas mal.

– Tu veux dire *génial* !

– Il faut voir.

– Mais c'est tout vu !

Je tournais la tête alternativement vers l'une puis vers l'autre, comme à Roland-Garros, ne comprenant pas trop ce qui se passait. Marie m'a brusquement pris la main.

– Assieds-toi, Nicolas. L'heure est grave.

– Pardon ?...

Nous nous sommes posés sur le canapé fleuri. Marie était si près de moi que je me suis senti rougir. Oma m'a lancé un nouveau sourire ironique et j'ai viré au cramoisi.

– Oma dirige une école de musique tout près d'ici. Depuis trois ans, elle a monté un chœur d'enfants et un orchestre composé uniquement d'ados. Il lui manque un flûtiste. Tu me suis ? a débité Marie à toute allure.

– Oui, mais...

Elle s'est tournée vers sa grand-mère.

– Alors tu le prends à l'essai ?

Oma a bu lentement une gorgée de thé et a fixé sur moi ses yeux rieurs.

– Vous êtes libre mercredi prochain ?

Marie lui a sauté au cou.

– Oma, tu es super ! Je t'adore !

Stupéfait, je suis resté planté là, ma tasse à la main, l'air à peu près aussi vif qu'une vache shootée aux barbituriques. Ensuite tout est allé très vite.

Marie m'a griffonné l'adresse de l'école de musique sur un morceau de papier qu'elle a fourré dans la poche de ma chemise. Elle a appuyé dessus avec le plat de la main en murmurant : « Ne le perds pas ! » J'ai frissonné au contact de sa paume sur ma poitrine. Oma a fixé une heure pour notre rendez-vous et m'a demandé quel était mon répertoire. J'ai énuméré tous les morceaux que je maîtrisais, plus ceux que je travaillais actuellement. Elle a hoché la tête en disant : « Bien, bien... » Puis elle a regardé sa montre et a annoncé :

– Marie, il est l'heure. Il faut qu'on y aille.

– O.K. Je raccompagne Nico.

J'ai reposé ma tasse, tout abasourdi, et j'ai serré la main d'Oma en bredouillant.

– Merci beaucoup... Eh bien, à mercredi, alors !

– C'est ça. À mercredi.

J'ai fini d'enfiler mon blouson sur le pas de la porte, tandis que Marie me chuchotait :

– Tu l'as épatée ! Crois-moi, je la connais, elle ne montre jamais rien, mais tu l'as scotchée !

– Tu es sûre ?

Je ne comprenais rien à ce qui m'arrivait. Ou plutôt, je n'osais pas y croire. L'air frais du dehors aurait dû me remettre les idées en place, mais j'avais l'impression de flotter sur un nuage. Les bruits de la rue m'ont peu à peu sorti de ma torpeur. Un peu plus loin, des enfants jouaient à se pourchasser en criant. Une Mobylette est passée en pétaradant.

– Marie...

– Oui ?

– Pourquoi tu ne m'as pas dit que tu étais musicienne, toi aussi ?

– Je voulais te faire la surprise. Et puis je n'en parle pas trop au bahut...

À cinq cents mètres de nous, une voiture a pris le virage à toute allure en faisant crisser ses pneus.

– Encore un qui joue à Starsky et Hutch ! a dit Marie avec un haussement d'épaules.

J'ai jeté un coup d'œil vers les enfants. Ils venaient d'entrer sur l'aire de jeux. Hors de danger.

– Bon, eh bien, je vais y aller. Je ne veux pas te mettre en retard. Merci pour tout...

C'est là que l'incroyable s'est produit. Marie a posé la main sur mon bras et m'a embrassé sur la joue en disant :

– Merci à toi, Nico. Tu as été formidable !

Dans ma tête, ça s'est mis à carillonner comme un

matin de Pâques et je suis certain que mes pieds ont décollé du sol.

L'ennui, c'est qu'à l'instant où ils se sont reposés sur le goudron j'ai vu la voiture folle passer juste devant la maison de Marie et ralentir. Au volant, un type de vingt ans à tronche de coyote en casquette bleu marine a klaxonné comme un malade. À côté de lui, son passager s'est penché par la vitre grande ouverte en brandissant le poing.

C'était Dylan.

J'ai encaissé le choc du coccyx jusqu'à l'occiput. Et je peux te dire que ça m'a remis d'équerre.

Direct.

24

Comment ai-je pu être aussi inconscient, Rudy ? Aussi égoïste ? Oui, égoïste ! J'étais tellement heureux que je me suis laissé submerger par ce bonheur. J'ai cru que je pouvais y avoir droit, moi aussi. Deux jours et deux nuits sur un nuage, et le reste de ma vie pour le regretter. Mais tu y as cru, toi aussi, hein ? Oh, je t'en supplie, dis-moi que toi aussi tu y as cru...

La musique, l'amour... Enfin ma vie commençait à ressembler à quelque chose. Pour la première fois, je faisais des projets, Rudy. Des projets ! Tu te souviens, quand je suis rentré ce soir-là, je t'ai pris dans mes bras et on a dansé, dansé, en chantant, en riant... La vie était belle ! Tellement belle !

...

Il faut que j'y arrive, Rudy. Il faut que je le fasse. Mais ça y est, je pleure, j'y peux rien, ça me fait trop mal. C'est trop dur, mon vieux Rudy. Tellement dur...

...

Je dois essayer une nouvelle fois. Oui. Je dois continuer. Pour toi. Il faut que je raconte. L'inracontable. Ce qui n'aurait jamais dû arriver. Ce que je ne me pardonnerai jamais. Voilà, les larmes coulent encore. Elles me brûlent les yeux et c'est tout mon corps qui s'embrase, Rudy. Ce feu qui me ravage de l'intérieur, depuis ce jour... Je voudrais hurler. Je ne peux même plus...

Attends... Laisse-moi encore quelques minutes... Je vais y arriver.

Je *dois* le faire.

...

Voilà.

...

Ça s'est passé le samedi suivant. Vers midi. Il faisait beau. Incroyablement doux pour la saison. Une petite percée de printemps avant l'heure. Des oiseaux gazouillaient dans tous les arbres. Les branches étaient couvertes de bourgeons prêts à exploser. L'air sentait bon. J'avais des fourmis dans les jambes. Je t'ai proposé d'aller faire un tour. Tu n'avais pas plus que moi envie de rester enfermé. Mum faisait son repassage. Francis avait téléphoné pour dire qu'il rentrerait lundi. Ils avaient longuement discuté. Il s'était excusé. Ça avait l'air de s'arranger. Je me sentais léger, gai, rempli d'espoir. J'avais décidé de ne penser qu'à des choses agréables, de chasser les pensées sombres dès qu'elles pointaient leur nez. Je voulais savourer l'instant. Et l'instant était beau. Marie m'aimait, j'en étais sûr. Et nous allions faire de grandes choses ensemble. On allait devenir deux musiciens célèbres, on enregistrerait des disques et on ferait des tournées dans le monde entier. Bien sûr, on t'emmènerait partout avec nous. Marie ne te connaissait pas encore, mais elle serait séduite dès qu'elle te verrait... Je te racontais tout cela en traversant le petit parc, et j'y croyais, Rudy. J'y croyais vraiment.

Toi aussi, n'est-ce pas... ?

On était tellement joyeux tous les deux qu'on ne s'est pas méfiés. Au début, on n'a même pas entendu la voiture. J'aurais pourtant dû reconnaître cette façon de faire crisser les pneus dans les virages. On avait à moitié traversé la rue quand elle a surgi, fonçant vers nous. J'ai fait deux petits sauts en arrière pour regagner le trottoir. Toi, tu avais pris de l'avance et tu gambadais à une vingtaine de mètres.

J'ai crié.

– Rudy ! Attention !

La voiture a fait une embardée. Mais pas pour t'éviter. Non. Au contraire. Elle se précipitait vers toi ! Je me suis mis à courir comme un dingue en hurlant. Pris de panique, tu as sauté sur le trottoir et tu as foncé droit devant toi. Mais un peu plus loin, un amas de containers à ordures ménagères t'a barré la route. Tu es redescendu sur la chaussée. J'ai hurlé.

– Non ! Rudy, noooooon !!!

Au volant du bolide, le coyote à casquette bleue s'est mis à klaxonner, encouragé par son passager qui donnait de grands coups du plat de la main le long de la portière. Dans mes cauchemars, je revois sans arrêt ce bras, dans sa manche de survêtement blanc, qui tape sur la carrosserie comme sur un tambour. Et puis ce véhicule monstrueux, dont le moteur rugit sous les coups d'accélérateur...

Moi, je courais derrière comme un fou.

J'ai vu la voiture se rapprocher de toi. J'ai crié.

– Rudy !!!...

Le conducteur a donné un coup de volant sur la droite. J'ai entendu un choc et tu as volé dans les airs. Mon cœur s'est arrêté de battre. Tu es retombé brutalement sur le trottoir, avec un bruit mou, pareil à un sac de sable. La voiture s'est éloignée sur les chapeaux de roues. L'ombre de poings victorieux a dansé dans l'habitacle. Je suis tombé à genoux sur le bitume. Tu ne bougeais plus. Je t'ai pris dans mes bras. Ton corps n'était plus qu'une masse inerte, un peu flasque, ta tête pendait dans le vide. Sous ma main, ton poil était encore chaud et soyeux. Je t'ai secoué doucement.

– Rudy... Allez, réveille-toi, vieux... Ils sont partis...

Une main s'est posée sur mon épaule.

– C'est fini, mon garçon. Un petit chien comme ça, tu penses... Quels sauvages !...

Un papi en casquette me regardait avec compassion. Je me suis relevé d'un bond et j'ai craché :

– Non, ce n'est pas fini !

Je t'ai serré contre mon cœur et j'ai couru comme un fou jusqu'à la maison. Mum a eu un choc en nous voyant entrer.

– Nico, qu'est-ce qu'il...

Je t'ai déposé dans ses bras.

– Occupe-toi de lui !

J'ai foncé dans la chambre et je suis ressorti presque aussitôt, en trombe. Mum a crié :

– Où tu vas ?

– Je reviens ! Je t'expliquerai !

Elle a éclaté en sanglots.

– Mais, Nico, Rudy est mort ! Qu'est-ce qui s'est passé ? IL EST MORT, TU M'ENTENDS ?

J'ai hurlé.

– Tais-toi ! Je t'en supplie, tais-toi !!!

Et j'ai dévalé l'escalier.

25

Je n'ai pas eu de mal à trouver Dylan.

Repérable de loin avec son survêtement blanc tout neuf.

Il était au pied de son immeuble avec le coyote à casquette. Ils étaient assis sur le capot de la voiture, entourés d'une bande de mecs à qui ils étaient en train de raconter leurs exploits à grand renfort de gestes éloquents. Il y avait Yann et Issa. Les autres étaient des types de la cité. Je me suis avancé vers eux, les poings enfoncés dans les poches de mon blouson. Dylan a ricané.

– Tiens, Pipeau ! C'est gentil de passer prendre de mes nouvelles !

J'ai continué à avancer vers lui, les mâchoires serrées jusqu'à la douleur.

– Mais c'est pas ton territoire ici, mec. T'es au courant de ça ?

Lentement, ses copains m'ont encerclé. Issa m'a regardé d'un drôle d'air. Comme s'il se méfiait.

Je n'étais plus qu'à quelques mètres de Dylan. Il m'a lancé :

– Au fait, comment va ton clebs ? Paraît qu'il a eu quelques petits ennuis... Rudy, c'est comme ça qu'il s'appelle ? C'est vraiment ringard comme nom.

J'ai dégluti avec difficulté. J'avais l'impression qu'une poigne de fer m'avait agrippé à la gorge.

Dylan a répété, la bouche en cul-de-poule :

– Rudy, ça fait tarlouse ! Vous trouvez pas, les gars ?

Dans ma gorge, la main invisible a resserré sa pression d'un tour d'écrou supplémentaire. Mes yeux se sont mis à me piquer.

– Ben qu'est-ce que t'as, Pipeau ? T'as du chagrin ?

Les potes de Dylan se sont esclaffés. J'ai opté pour celui qui riait le plus fort : le coyote à casquette. Je me suis littéralement jeté sur lui et j'ai donné un coup de tête latéral. Son nez a fait entendre un drôle de craquement et il a beuglé.

– Chopez-moi ce connard !

J'ai foncé dans le tas, balançant au passage un maximum de coups de pied et de coups de poing. Je voulais Dylan. Il m'a regardé venir, un sourire mauvais sur les lèvres. J'ai pensé : « C'est ça, souris. Pendant que tu le peux encore... » Au moment où j'arrivais sur lui, ses sbires m'ont chopé par-derrière et m'ont flanqué par terre. Je me suis explosé le bras gauche en tombant.

– On va te massacrer, pauvre bâtard !

– Laissez-le, bande de lâches ! a soudain crié une voix familière.

– Te mêle pas de ça, Cynthia ! a répondu Dylan. T'as rien à foutre ici, alors dégage.

Qu'est-ce qu'elle faisait là ? Elle a essayé de s'approcher. La bande d'abrutis l'a aussitôt repoussée et a fait barrage. J'en ai profité pour me remettre debout.

– Nico, ça va ?... m'a demandé Cynthia.

– Reste pas ici ! J'ai un truc à régler avec Dylan...

Cet imbécile a éclaté de rire.

– Vous avez entendu, les gars ? Pipeau a un truc à régler avec moi ! Non mais, je rêve ! T'as vu jouer ça où, mec ? C'est *moi* qui a un compte à régler avec toi...

– C'est moi qui *ai*...

– De quoi ?...

– Quand on sait pas parler français, on ferme sa gueule !

– Oh, putain, cette fois, je vais me le faire ! Écartez-vous !

– Nico, nooon ! a hurlé Cynthia.

Mais c'était tout ce que j'attendais. Ça n'avait que trop duré. Les potes de Dylan ont formé un cercle autour de nous, Yann et Issa se chargeant de tenir Cynthia à distance.

– Je vais te la fermer, ta grande gueule ! a craché Dylan en s'avançant vers moi, le poing tendu.

– Vas-y, sèche-le ! l'a encouragé le coyote, dont le nez pissait le sang.

Mes jambes se sont mises à trembler. Mon front s'est couvert de sueur et ma vue s'est brouillée. Dylan s'est jeté sur moi. J'ai bondi sur le côté en tendant la jambe. Il s'est pris les pieds dedans et s'est étalé dans les gravillons.

– Putain, l'enfoiré !

Quand il s'est relevé, j'ai entendu le déclic d'un ressort et la lame a jailli.

– Nico, attention ! a crié Cynthia.

– Ta gueule, toi, a beuglé le coyote en lui assénant une claque à lui décoller la tête. Vas-y, dégage maintenant !

Je l'ai entendue partir en courant. Je préférais ça.

Face à moi, les jambes écartées et légèrement fléchies, Dylan avançait lentement, la bouche tordue par la haine, le poing refermé sur un couteau dont la lame aurait pu dépecer un bœuf. Il s'est amusé à le faire passer d'une main dans l'autre, progressant chaque fois d'un pas vers moi.

– Alors, on fait moins le malin, maintenant, pauvre *chméta* !

Autour de nous, ses sbires se sont déchaînés.

– Vas-y, plante-le, ce bouffon !

– Nique-lui sa race !

– La vie de ma mère, déchire-le vite fait bien fait, ce bâtard !

J'ai reculé sans quitter Dylan des yeux. Doucement. Un pas. Puis deux. Le sang cognait à mes tempes. Dans ma gorge crispée à hurler, il ne passait plus qu'un filet d'air. Ma vue se brouillait. Je ne voyais que la lame d'acier qui dansait devant mes yeux. Mes mains tremblaient. J'ai enfoncé mes poings dans mes poches. À l'intérieur de la droite, mes doigts se sont refermés sur le métal froid. Mon bras s'est fait plus lourd. Dans ma poitrine, ça cognait au rythme d'un tambour de galère. Des coups plus lents, réguliers, dont chacun vibrait jusque dans mon ventre. Soudain, mon talon a heurté quelque chose et j'ai basculé en arrière. Quelqu'un m'avait fait un croche-pied. J'ai tenté de me rétablir en faisant de grands moulinets avec les bras, mais une tape sur l'épaule a fini de me déséquilibrer et je me suis écroulé au sol. Dylan a aussitôt bondi, sautant à califourchon sur mes jambes pour m'immobiliser. D'une main, il m'a attrapé par les cheveux et a tiré violemment ma tête en arrière, mettant ma gorge à découvert. J'ai senti la pointe du couteau sur mon cou et j'ai fermé les yeux.

– Alors ? Tu voulais me voir pourquoi, au fait ? a fa sa voix grinçante penchée au-dessus de moi.

J'ai rouvert les yeux. À ce moment-là, quelque cho s'est débloqué dans ma gorge, comme un bouchon champagne qui saute. Un flot de rage et de haine n submergé, décuplant mes forces. J'ai rué, me redress à moitié, tandis que Dylan, surpris, vacillait et relâcl la pression sur mes jambes. En une fraction de secon j'ai roulé sur le côté pour dégager mon bras droit, sorti ma main de ma poche et je l'ai propulsée avant, serrant convulsivement la crosse métalli Dylan a blêmi.

– Déconne pas, putain...

Je me suis relevé et j'ai hurlé.

– Pourquoi je suis venu ? Tu me demandes pourquoi je suis venu !!! POUR RUDY !!!

Et j'ai tiré.

Le bruit m'a explosé les tympans. Dylan est parti en arrière et s'est abattu sur le bitume.

Sur son survêtement blanc, une grosse fleur rouge est apparue, qui s'épanouissait à vue d'œil.

J'ai pensé : « C'est beau. »

Et puis plus rien.

26

C'est Cynthia qui est allée chercher les flics. Mais ils sont arrivés trop tard.

Tout arrive toujours trop tard, finalement.

Mum affolée qui appelle Cynthia. Cynthia qui me retrouve avec Dylan. Et puis les sirènes, les gyrophares, les portières qui claquent, des gens qui courent, Dylan écroulé par terre, mon Rudy sur la table de la cuisine... Est-ce que Mum l'a mis dans un sac-poubelle ? C'est dommage, Oma va m'attendre pour rien mercredi... Marie ne se mariera jamais avec moi, on n'épouse pas un assassin... Est-ce qu'on a le droit de jouer de la flûte en prison ?... On n'a même pas de jardin pour l'enterrer... Je leur avais dit que c'était mieux, une maison avec un jardin... Sam ! Où est Sam ?... Je voudrais voir mon père... Un couteau de chasse, oui, c'est ça, c'était un vrai couteau de chasse... Est-ce que ça part au lavage, les taches de sang ?... Il faudrait essayer avec le détachant de la mère de Sam... Rudy ? Où est ton bandana ?... On peut peut-être le ravoir, le survêt'... Moi, je ne suis que le brouillon, le chef-d'œuvre, c'est lui... Qui est cet homme en bleu qui m'a mis un flingue dans la main ?... Pascal... Qui c'est, Pascal ?... Tout ça, c'est à cause de Barbe-Bleue, monsieur l'agent... Rudy ! Où tu es, Rudy ? Arrête de te cacher, vieux !... Au fait, Francis, j'ai trouvé la clé, tu sais... Cynthia... Ils t'ont frappée... Je ne supporte pas qu'on frappe une femme... C'est le père Michel qui a perdu son chat !... Il crie par la fenêtre à qui le lui rendra... Il s'appelait comment, son chat ?... Vous dites ?...

Rudy ?...

Non ! Pas Rudy !

PAS RUDYYYYYYYYYY !!!

Il paraît que j'ai déliré pendant plusieurs jours. Je me souviens juste que ça parlait dans ma tête, ça n'arrêtait pas de parler. Et j'étais fatigué. Si fatigué...

J'ai dormi. Quand j'ouvrais les yeux, je voyais des gens très beaux, vêtus de blouses blanches. Je me disais : « Tiens ! Ils ont réussi à enlever la tache de sang... » Je crois que j'ai vu Francis aussi. Et Mum qui pleurait. Moi, j'étais bien. J'avais rejoint Marie. Elle jouait du piano et je l'écoutais. C'était beau. Calme.

Quand je me suis réveillé, un médecin est venu me dire qu'il avait opéré Dylan et qu'il allait s'en sortir. Je lui ai répondu que j'étais bien content pour son chien. Que le mien n'avait pas eu cette chance...

On m'a transféré dans un autre hôpital. Ici, tous les médecins ont une spécialité qui commence par « psy »... J'ai vu beaucoup de docteurs. Je ne comprenais pas ce qu'ils me voulaient puisque je n'étais pas malade.

Pour finir, ils m'ont confié à Dominique. Elle a été très patiente avec moi. Au début, je refusais de lui parler. Je ne voulais plus parler à qui que ce soit, d'ailleurs. Dominique m'a beaucoup aidé. C'est elle qui m'a donné l'idée du cahier. C'est vrai que c'est plus facile d'écrire que de parler.

La juge a trouvé, elle aussi, que c'était une bonne idée.

Finalement, il m'en a fallu trois. Des cahiers.

Ça fait drôle, à quinze ans, de se dire qu'on va sans doute aller en prison. Je n'avais même pas peur, tu sais. Je crois que je me fichais de tout. J'avais le sentiment d'avoir tout perdu. Je n'avais plus d'avenir. Je vivais un long jour sans fin, gris, terne, sans espoir. J'attendais juste que ce jour finisse.

Un matin, Mum m'a apporté une lettre de Cynthia. Elle me racontait qu'au collège Sam et elle ont rameuté tout le monde. Ils ont fait des pétitions, rassemblé des témoignages, mobilisé tous ceux qui voulaient bien parler de Dylan, raconter quel genre de type c'était. Ils ont même distribué des tracts : « Laisserons-nous Nicolas payer parce que nous aurons été lâches ? »

Il paraît que la police a fait une enquête. Interrogé tout le monde. Ils sont venus me voir, moi aussi. Plusieurs fois. Au début, les médecins leur ont demandé de me laisser tranquille. Ils sont revenus un peu plus tard. J'ai répondu à leurs questions. J'avais l'impression que j'étais deux. C'était un autre, à l'intérieur de moi, qui leur répondait. Après, j'ai dormi. Longtemps.

Je ne sais pas exactement depuis combien de temps je suis ici. Il me semble que cela fait des mois.

Seconde lettre de Cynthia. Madame Dumas et la principale ont organisé une réunion avec les parents de Dylan. Ils sont venus, cette fois. Il y avait aussi la prof de SVT, monsieur Gomez, monsieur Michel, et Florian, le surveillant, ainsi que les représentants des élèves. Ils ont raconté tout ce qu'avait fait Dylan. Son père et sa mère se sont vraiment sentis mal. Cynthia dit qu'ils crevaient de honte. Du coup, ils ont retiré leur plainte contre moi.

J'ai revu la juge. Elle m'a expliqué que sur le plan juridique l'affaire s'arrêterait là. Le témoignage de Cynthia ayant permis d'établir la légitime défense, il n'y aurait pas de poursuites. Elle m'a dit aussi que Dylan allait mieux. Qu'il sortirait bientôt de l'hôpital. Mais qu'il devait s'attendre à être poursuivi pour violences dans les prochaines semaines. Je serais certainement convoqué pour une confrontation. Juste avant que je parte, la juge m'a regardé et elle m'a dit : « Maintenant, il faut que tu essaies de reprendre une vie normale. Tu as tout l'avenir devant toi... »

J'ai dit à Dominique que je ne comprenais plus le sens du mot « avenir ». J'ai l'impression que le temps s'est arrêté. Que je suis pour toujours englué dans un présent qui ne finira jamais...

Elle m'a répondu : « Écris. L'écriture t'aidera à remettre la pendule en route. »

J'ai repris mes cahiers.

Et voilà, Rudy, je l'ai fait.

Pour toi.

Pour nous.

Toute l'histoire est là.

Je ne sais pas ce que je vais devenir. Je m'efforce chaque jour d'essayer de reprendre goût à la vie. Quelquefois, j'y arrive un peu.

Quelquefois, seulement.

Je suis comme quelqu'un qui aurait été très malade. En convalescence.

J'ai besoin d'aller doucement.

Chaque semaine, je vais voir Dominique. Je lui parle longuement à présent. Je lui ai montré les cahiers. Elle m'a dit que je pouvais être fier de moi. Elle a ajouté que maintenant je pouvais en faire ce que je voulais, y compris les détruire. Je ne sais pas. Je crois que je vais les garder encore un petit peu.

Hier soir, Mum m'a annoncé qu'on allait déménager. Une maison. Avec un petit jardin. « Ça te fait plaisir ? » S'installer dans une autre ville. « Ce sera mieux pour tout le monde... Qu'est-ce que tu en penses ? »

Rien. Je n'en pense rien. Je ne pense plus.

J'essaie juste, à chaque instant, de ne pas oublier de respirer.

Je vais arrêter là, Rudy.

Le troisième cahier est presque terminé.

Il reste quelques pages blanches.

C'est bien comme ça. Comme une respiration.

Une place rien que pour toi et moi.

Je te laisse le stylo.

Cette fois le printemps est là. J'ai bien envie d'aller voir à quoi il ressemble.

À un de ces jours, vieux frère.

Ne compte pas sur moi pour t'oublier.

Post-scriptum

J'ai reçu une lettre de Marie. Elle dit que je lui manque. Que chaque mercredi elle m'attend, à l'école de musique. Il n'est peut-être pas trop tard pour aller au rendez-vous, qu'en penses-tu ?

Il y a quelques jours, j'ai repris ma flûte.

C'est drôle, pendant toutes ces longues semaines, il m'est venu une musique dans la tête. J'ai commencé à la mettre sur le papier.

Je crois que ce sera une sonate.

Je l'appellerai la *Sonate pour Rudy*.